행복한 집에 남달기 위한 건축여정

초판 1쇄 발행 2025년 3월 17일

지은이 조병규 / 펴낸이 김영경 / 펴낸곳 쏠딴스북
디자인 방수정 / 캘리그라피 이상현
출판등록 제2021-000088호(2021년 6월 22일)
주소 경기도 파주시 탄현면 헤이리마을길 82-91 B동 202호
이메일 fuha22@naver.com
인스타그램 www.instagram.com/sultans_book_cafe

ISBN 979-11-94047-07-0 03810

창조의 발견

빈 방에 창문을 넘어 들어온

어린 햇빛이 앉아 있었다

방의 주인은 햇빛의 무례를 꾸짖는 대신

옆에 작은 탁자를 놓아 주었다

조병규 지음

두물머리 벤치

두 사람의 무게에 익숙했던 너는
눈물로 가득 찬 그녀의 무게에 놀라
혼자만의 시간을 주기로 했다
소리 내어 울어도 들리지 않게
느티나무와 바람이 속삭여 도와주었고
볕으로 너의 몸을 덥혀
그녀의 떨림을 조용히 멈춰 주었다

위로에 가슴 아려 눈물은 멈추지 않고
강물이 되어 두물로 흘렀을 것이다
작별하며 떠나지 않는 건
너뿐이라는 걸 그녀도 깨달았을 것이다
돌아갈 곳이 있다는 것에
기쁨의 눈물을 흘리며
너를 돌아볼지도

오늘의 너는
장소의 위로였다

행복한 집에 다가서기 위한 건축여정

난 스케치를 잘 하지 못한다.

어릴 때는 곧잘 그림을 그린다고 칭찬도 들었고 미대를 가면
어떨까 생각도 했는데, 왜 이렇게 손이 말을 안 듣는 어른으
로 자랐는지 모르겠다.

머릿속의 건축 형태와 공간을 롤 페이퍼에 쓱쓱 그리고 표현
해내는 사람을 보면 부러웠다. 부러워하면서도 스케치 연습

을 게을리하다 보니 더더욱 생각을 그림으로 표현하는 것을 주저하게 되고 부끄러운 마음마저 들었다. 스케치를 잘하지 못한다고 건축 설계를 할 수 없는 것은 아니지만, 나의 상상과 생각을 표현하는 도구의 성능이 떨어지니 몹시 아쉬웠다.

도구의 낮은 성능이 상상을 제한하는 지경까지 이르면 안 되었고, 그래서 다른 도구를 사용하기로 했다. 그 도구는 글이었다. 말로 설명할 수 있겠지만 말은 공기처럼 사라질 운명이기에, 기억을 남기기 위한 도구로 글만한 것이 없었다.

상상했던 공간을 글로 그리다 보니 글의 또 다른 면을 발견했다. 추상적인 공간을 설명하는 것만으로는 제대로 그릴 수 없다는 것, 사람들의 감각과 그들의 행동, 그로 인해 벌어지는 사건을 묘사해야만 했다. 서사를 담보할 수밖에 없는 글의 숙명 같은 것이었다. 스케치에서 담을 수 없었던 '이야기'를 글에는 담을 수 있었다. 스케치는 '공간'을 보여주기는 쉬워도 '장소'를 표현하기는 어렵다.

장소의 사전적 정의는 '일이나 사건이 이루어지거나 발생한 곳'이다. 그림으로는 이 사건의 인과관계나 과정을 설명할 수 없다. 사건이 배제된 공간이나 형태를 표현할 수 있어도 장소를 표현하는 것에는 한계가 있다. 사람이 없는 '공간'은 있어도 사람이 없는 '장소'는 없다.

사람이 거주하고 생활하며 매일의 사건이 발생하는 대표적인 건축이 집이다. 집은 가족의 장소다. 집을 설계한다는 것은 공간을 계획하는 것이 아닌 장소를 만드는 일이다.

건축사사무소를 운영하는 동안 나는 주로 '집'을 설계해왔다. 단독주택부터 다가구, 다세대, 상가 주택 등 소형집합주택에 이르기까지 다양한 주택을 설계하면서 늘 마주하는 고민은 '집은 가족에게 어떤 장소여야 하는가?'였다.

집의 조건이 다르고 사람이 다른 상황에서도 한 가지 공통된 것이 있다. 그것은 장소성, 즉 한 장소에서 드러나는 특별한 성격이다. 어떤 조건, 누구라도 집은 사는 사람에게 특별해야 한다.

'가족에게 특별한 장소'를 설계하고 디자인하는 과정에서 나는 집과 가족이 함께 벌이는 특별한 사건의 장면을 상상했다. 인상 깊은 영화를 추억할 때 저도 모르게 떠오르는 장면처럼. 나는 그 장면을 필름이 아닌 글로 찍었다. 그 글들은 때로는 빛이 바래 휴지통에 버려지기도 했지만, 상상했던 장면이 현실에서 벌어지는 것을 목도했을 때는 짜릿했다.

중요하면서도 쉽게 사라지는 일상의 소중한 기억을 담아둘 방을 마음에 많이 만들 수 있는 집이 좋은 집이고 행복한 집이다. 예쁘고 편리한 집이 아닌 '행복한 집'을 설계하는 것이 꿈인 내게 이 목표는 정말 꿈일지도 모르지만, 이 책에 실린 두 개의 주택은 '행복한 집'에 한 걸음 다가가기 위한 여정 속의 프로젝트다.

길의 어디쯤 와 있는지는 나도 모른다. 아직 출발 전일지도 모르고 이제 첫발을 내디딘 것일 수도 있다. 그래도 그 길이 이어지는 방향을 보고 있다는 것은 중요할 것이다. 행복한 집에 다다르기 위한 나의 이 여정이, 그리고 그 안에서 만나 모든 이들이 행복했으면 좋겠다.

차례

Prologue

1장_발견의 장소, 집

2장_무위재, 부부와 함께 시김되는 집

3장_기연가, 우리는 모두 인연이다

Epilogue

발견의 장소·집

'집'에 사는 즐거움

2013년 12월, 남양주의 농가 주택에서 전원생활을 시작했다. 아내를 꼬드기고 어린 아들을 어르고 달래서 시작한 전원생활이었는데, 이사 첫날 집이 냉골이었다. 이불을 머리까지 뒤집어쓰고 앞날 걱정으로 밤을 지새웠다. 그때의 기분은 입대하고 맞은 첫날밤과 비슷했다. 추위를 가리지 못하는 까칠한 모포가 주는 위화감, 내 몸 외에는 이질적인 환경이 주는 막막함……. 그래도 옆에 가족이 있다는 위안으로 불안을 누르며 견뎠다.

겨울이 가고 봄이 오고, 집에서 보내는 시간이 점점 좋아졌다. 집 안팎에서 미묘한 계절의 변화가 감지되었고, 퇴화한 감각도 되살아났다. 집을 가꾸는 육체의 노동이 즐거움이 되었고, 퇴근 후 별채에서 맞이하는 자발적인 고독 또한 좋았다.
얼치기 전원생활에 소소한 즐거움이 쌓이니 집에 사는 것이 행복했다. 비록 전셋집이었지만, 지인들에게 집을 자랑했고 그럴수록 집을 사랑하는 마음이 점점 더 커졌다. 내게는 그 집이 가족 같았다. '집'을 설계하는 사람이 '집'에 사는 즐거움을 알았으니 참 다행한 일이었다.

'집의 무엇이 내게 이런 행복감을 안겨주었을까?'

늘 궁금했다. 답을 찾을 수만 있다면, 건축설계를 업으로 하는 내게는 좋은 집짓기의 열쇠를 얻는 것이나 다름없었다. 그 열쇠를 꼭 찾고 싶었고, 그것을 손에 쥐기 위한 단서를 찾기 시작했다.

그 단서는 집짓기의 경험이 수십 번 쌓이고 수십 명의 의뢰인을 만나면서 조금씩 윤곽을 드러냈다. 물론 이 단서는 내 개인적인 경험이기에 다른 사람들에게는 쓸 만한 단서가 아닐지도 모른다. 그래도 내게는 귀한 경험으로 얻은 교훈과 깨달음이고, 이를 통해 좋은 집짓기에 한 걸음 더 나아가고 있다는 생각에 공유해보려 한다.

사는 사람이 행복한 집

첫 단서는, '장소를 발견'하는 것이다. 이게 무슨 말일까? 집은 당연히 가족이 살아가는 장소인데 무엇을 발견한다는 걸까?

누구에게나 자기만의 특별한 기억을 소환하는 곳이 있다. 첫사랑과 처음으로 손을 잡은 골목길, 하굣길에 단짝 친구를 기다리던 벤치, 친구들과 밤새 술 마시며 노래 부르던 선술집처럼 소중했고 행복했던 추억의 장소들은 왜 기억 속의 장면으로만 남아 있을 뿐, 현재의 장소로 의미를 지니지 못할까? 지금은 사라져 다시 찾아볼 수 없게 된 까닭도 있겠지만 그 장소가 아니면 특별했던 감정의 경험은 일어나지 않는다는 것을 깨닫지 못한 이유도 있을 것이다. 특별한 경험과 감정의 여운을 주던 공간을 장소화하지 못했기에 기억만 남아 있을 뿐 그 경험이 이어지지 못한다.

집은 생활이 이어지는 장소다. 일상 속에서도 가끔은 반짝이는 순간, 특별한 경험이 공간에서 일어난다. 이때를 놓치지 말아야 한다. 중요하면서도 쉽게 사라지는 것들이 살아 있도록 해줄 방, 즉 장소를 보물찾기하듯이 발견해야 한다. 내가 설계한 집은 아니지만, 남양주 농가 주택에 살면서 눈 오는 겨울밤 테라스에 앉아 내리는 눈을 멍하니 바라볼 때 처음으로 '이 집이 내게 소중하다.'라고 느꼈다.

야산에 기대고 있는 집은 겨울에도 바람이 세지 않았고 주변에 인가가 없어 고요했다. 그날은 특히 바람 한 점 없었고 내리는 눈은 아주 천천히 쌓이고 있었다. 문득 눈 내리는 소리가 들리는 듯했다. "아무도 모르게 내리려고 했는데, 들켰네. 내 숨소리 어때? 난 지금 편안하게 땅에 누워. 너의 잠자리도 그랬으면 해."라고 말해주는 듯했다.

신기한 경험이었고, 그 때 그 고요함이 집이 내게 건넨 첫 따뜻한 말 한마디였다. 그 이후 마당 앞 테라스는 혼자 있고 싶을 때 나와서 즐기는 나만의 장소였다. 여름에는 개구리가 하도 소란스러워 방해를 받기도 했지만.

당시 초등학생이던 아들은 학교에서 돌아오면 마당부터 탐

험했다. 도마뱀을 잡은 날은 퇴근한 내게 무용담을 들려주었고 거미를 예쁘다고 말할 정도가 되었다. 담장 안마당은 아들이 안전하게 탐험을 즐길 수 있는 장소였다. 어느 날 아들이 친구와 담장 위에 앉아 들판을 바라보면서 재잘거리는 모습을 보았다. 창문 안에서 바라본 그 모습이 매우 평화로워 보였다. 그 후로도 아들은 담장 위에 앉아 있곤 했는데, 아들에게는 그 담장이 휴식처이자 놀이터이지 않았나 싶다. 아들에게는 집의 경계마저도 행복한 장소였다.

남양주 농가 주택은 안채와 별채로 나뉘어 있었고, 안채와 별채 사이에 작은 뒷마당이 있었다. 별채와 뒷마당은 안채보다 1m 정도 높았는데, 주방 창과 높이가 같았다.

아내는 주방 창문을 통해 뒷마당을 내다보는 것을 즐겼다. 매화나무에 놀러 온 노란 새가 반가워 호들갑을 떨기도 하고, 창틀에 앉아 비를 피하고 있던 고양이와 눈을 맞춘 것도 그곳이었다. 그 눈맞춤으로 아내는 집사가 되었고, 그 이후 그 고양이는 포도라는 이름으로 불렸으며, 아내는 마당을 뛰노는 포도를 보며 즐거워했다. 식탁에 앉아 책을 읽거나 가계부를 쓰다가도 가끔 창밖으로 시선을 옮기던 아내에게는 마당이라는 작은 세상과 연결된 주방이 가장 편안하고 위로가 되는 장소였다.

장소의 특별한 기억들은 우리 가족에게 차곡차곡 쌓였고, 집은 그렇게 우리에게 행복한 장소가 되었다.

어떻게 보면 우리가 집에서 느낀 행복감은 집의 아름다운 형태나 멋진 공간에서 비롯하지 않는다. 각자가 좋아하는 위치, 공간에서 특정 사건들을 경험하며 각인된 장면이 추억하게 하고 애정을 갖게 한다. 애정하는 장소에는 내가 있고 사건이 있고 이야기가 있게 마련이다.

집에서 좋아하는 장소는 사용자에게 우연히 발견될 수도 있지만, 건축가인 나는 발견의 기회를 높이기 위해 집의 설계 단계에서 적극적으로 개입한다. 추상적인 콘셉트를 설정하거나 스케치, 도면 등의 접근보다는 건축주에게 되도록 많은 이야기를 듣고 상상하고 그것을 글로 정리한다. 시나리오를 구성하듯 상상한 공간 안에 가족을 위치시키고 벌어지는 여러 사건을 이야기처럼 엮는다. 각각의 공간을 연결했을 때 가족과 집이 만드는 이야기는 자연스러워야 하고 재미있어야 한다.

가끔 집의 평면도를 놓고 공간 구성을 설명하는 글을 보곤 한다. 그런데 어떤 공간을 설명하는지 와 닿지 않거나 그 공간이 어떤 의미를 지닐지 떠오르지 않을 때가 있다. 설명적이어서 제품의 매뉴얼을 읽는 것 같은 느낌을 받기도 한다. 이것은 기능을 우선으로 하는 평면 구성을 가진 집을 설명할 때 특히 두드러지는데, 아파트의 평면도가 대표적이다.

기능이나 동선의 효율이 중요한 목표가 되고 불특정다수를 대상으로 설계되는 아파트 공간은 그야말로 무색무취다. 공간의 기계적 연결이 보일 뿐 어디서 이야기가 시작되고 어떤 사건이 벌어질지 상상하기 어렵다. 돌발적인 사건을 미리 방지하기 위해 계산되고 재단된 공간이 나열되어 있을 뿐이다.

이런 상황에서 공간을 글로 설명하면, '중문이 설치된 현관을 지나면 좌측에 공용화장실이 위치하고 우측에는 작은 방이 있다. 복도를 지나면 남향에 있는 거실과 대면 형 주방을 만나게 되고, 그 안쪽에 드레스 룸과 화장실이 있는 안방, 맞은편에 서재 역할을 하는 방이 있다.' 정도가 될 것이다. 위치 관계만 달라질 뿐 여기에서 많이 달라지지 않는다. 사용자의 개성이 투영되지 못한, 또는 그럴 여지가 없는 집은 가족의 삶과 섞이지 않고 겉돈다. 시간이 흐른다고 이 상황은 달라지지 않을 것이고, 결국 집은 살면서 사는 사람에게 잊히는 쓸쓸한 결말을 맞을 수도 있다.

집과 가족이 화학적 결합을 통해 벌이는 다양한 장면을 상상하는 것에 공을 들이는 이유가 또 하나 있다. 인공지능(AI) 때문이다. 인공지능은 이미 모든 분야에 깊숙이 들어와 있다. 건축도 예외는 아니어서 꽤 오랫동안 사람에게 남아 있을 창의적 디자인의 영역까지 넘보고 있다. 대표적인 건축디자인 인공지능 소프트웨어가 '미드저니'다.

미드저니는 텍스트에 대응해 디지털 이미지를 생성하는 프로그램으로, 여기서 중요한 것이 '텍스트'를 기반으로 한다는 것이다. '어떤 이미지를 구현할지 글로 설명하면 인공지능이 이미지를 생성한다.' 상상도 하지 못했던 디자인의 구현 방식이다. 그리고 구현된 결과물은 상당히 충격적이고 놀랍고 무섭다. 인공지능이 내 직업을 빼앗을지 확장할지 현재는 판단하기 어렵다. 하지만 내가 집을 통해 장소를 발견하도록 다양한 장면을 상상하고 서사를 만드는 작업에 유용하게 사용될 수 있으리라 예상은 할 수 있다.

이야기가 이미지로 구현되고, 인공지능이 이미지를 통해 이야기를 좀 더 정교하게 다듬는 피드백 과정을 수행해준다면 내가 목표하는 '사는 사람에게 행복감을 주는 집'에 좀 더 가까이 다가설 수 있지 않을까 긍정적인 생각도 해본다.

이야기를 찾아내는 공간

두 번째 단서는, '가족 속으로' 뚜벅뚜벅 걸어 들어가는 것이다.

'의뢰인과 건축가의 관계는 어떠해야 할까?' 이 일을 하면서 늘 고민하는 문제다. 건축가와 의뢰인 사이의 거리가 어느 정도일 때 건축설계 과정에 도움이 될 수 있을까? 가까우면 가까울수록 서로 이해 폭이 넓어지고 같은 곳을 바라보니 결과가 좋을 것 같지만 그렇지 않은 예도 있다. 둘 사이의 거리는 구현하려는 건축물의 성격에 따라 달라진다. 크게 둘로 나눌 수 있는데, 하나는 건축물의 사용자가 의뢰인과 다른 경우이고, 또 하나는 의뢰인과 사용자가 같은 경우다.

두 가지 중 건축물의 사용자가 의뢰인과 다른 경우가 대부분이기는 하다. 상업시설, 숙박시설, 문화시설, 업무시설, 아파트 등 거의 모든 용도에서 사용자와 의뢰자 간의 불일치가 발생한다. 이때는 의뢰인과 건축가 간의 개인적인 유대 관계가 일에 미치는 영향이 적다. 오히려 건축가는 사용자의 관점에서 계획 방향을 설정하고 의뢰인에게는 최대한 객관적인 자세를 취하는 것이 좋다. 의뢰인의 생각이 사용자의 니즈와 부합하지 않을 수 있기 때문이다.

건축물의 사용자와 의뢰인이 같은 경우는 단독주택이 대표적이다. 사용자와 의뢰인이 집에 담고자 하는 욕망은 같다. 같은 곳을 바라본다. 그렇다면 건축가도 그곳에 시선을 맞춰야 한다. 집을 사랑한다면 집은 더는 사물이 아니게 된다. 사랑하는 강아지가 그저 동물이 아니듯 집은 가족에게 스미고 가족의 일원이 된다.

또 하나의 가족이 탄생하는 일에 가장 큰 역할을 하는 건축가가 남이면 그 역할을 제대로 수행할 수 있을까? 그렇기에 집을 설계하는 나는 가족의 일원이 되기를 주저하지 않는다. 물론 언제까지나 그렇다는 것은 아니다. 내가 의뢰인의 가족 속에 머무르는 시간은 설계부터 집이 완성될 때까지다. 집을 짓는 과정은 농사에 비유할 수 있다. 씨를 뿌리고, 김을 매고, 거두기까지 그들과 함께 살을 태우고 땀을 흘린다. 가끔은 함께 막걸리로 목을 축이기도 하면서.

의뢰인은 곁을 쉽게 주지 않는다. 이는 당연하다. 일을 의뢰하기 전까지 일면식도 없는 사람에게 가족의 생활과 욕망을 드러낸다는 것은 쉽지 않은 일이다. 그렇기에 조금씩 다가서야 한다. 시간을 두고 천천히 자주 보고 많은 이야기를 나눠야 한다. 가족 속으로 녹아드는 것은 콩으로 메주를 쑤고 장을 담그는 것과 같아 시간이 오래 걸리고 발효도 잘되어야 한다. 의뢰인과 적당한 거리를 유지하려는 건축가도 있다. 인간적인 유대가 건축가의 건축 행위에 도움이 되지 않는다고 판단하는 건축가도 있고, 혹여 맞을 피곤한 상황을 미리 방지하기 위해 적당한 거리를 두려는 건축가도 있다.

가족 속으로 들어간다면 건축가의 정성적인 노력이 더 많이 필요하다. 노력에 금전적인 보상이 따르는 것도 아닌데 왜 굳이 거추장스럽고 피곤한 길을 가려 하느냐고 묻는다면, 가족이 행복한 집을 짓고 싶은 욕심 때문이라고 말할 수밖에 없다. 그런 노력을 기울여야만 행복한 집에 다가설 수 있는 것은 아니겠지만, 이것은 집짓기 과정에서 내가 찾은 나만의 방식이기에 내게는 꼭 필요하고 유효한 접근법이다.

가족 구성원 모두가 자기만의 장소를 발견할 수 있도록 단서, 즉 건축적 장치를 집의 여기저기에 숨겨 놓는다. 소풍 때 자주 했던 보물찾기의 쪽지를 숨겨 놓는 짜릿한 기분을 느끼며, 누군가에게는 꼭 발견되어 잊히는 쪽지가 없기를 기대한다.

이런 마음으로 완성한 여러 채의 집 가운데 소개하고 싶은 두 채의 집이 있다. 하나는 여주의 단독주택 '무위재'이고, 또 하나는 서종 문호리에 지은 상가주택 '기연가'다. 두 집 모두 의뢰인과 인연이 특별했고 가족 속에서 집짓기의 과정을 함께해 좋은 결과를 거두었으며, 그 집에 사는 가족들은 지금도 여전히 보물 같은 장소를 발견하며 살고 있다.

2장

무위재, 부부와 함께 시공되는 집

특별한 인연의 시작

어느 날, 문득 따뜻하고 재치 있고 섬세한 설계 문의 메일을 받았다. 은퇴를 앞둔 노부부로, 메일에서 자신을 '할머니'라 했다. 그분은 여주에 지인들과 함께 토지를 매입해 작은 집을 지을 예정이라며, 땅을 매입하기 1년 전부터 건축가를 찾고 있었다.

집에 관련된 책을 찾아 읽고 어떤 건축가를 만나 설계를 의뢰할지 고민하면 할수록 어렵다는 이야기에 부담이 컸지만, 진지한 고민을 풀어 놓는 그분이 궁금해졌다. 그래서 계약도 하기 전에 메일을 몇 번 주고받고 직접 만나 상담을 이어 갔다. 그러다 보니 그분의 답장 메일이 오기를 기다리기까지 했고, 어느 때는 연애편지 같다는 생각이 들 정도였다.

2021.02.07

선생님께.

어제 바쁘신 중에도 시간을 내주셔서 고마웠습니다. 저희가 원하는 집에 대한 생각을 들어주시고 궁금증을 풀어주셔서 저희와 친구 부부에게 모두 큰 도움이 되었습니다. 친구 부부는 그들이 원하는 게 특별할 것 없고 비용을 아껴야 하는 상황이라 건축사에게 의뢰하지 않고 시공하는 후배와 함께 궁리하면서 지을 계획이라고 합니다.

어제 상담을 돌아보면서 궁금함이 생겨 다시 여쭙니다. 궁금한 것을 정리해 오면 효율적으로 상담할 수 있다고 하셨을 때, 첫 번째 질문은 "제가 원하는 것이 다 가능한가요?"였습니다. 상담하러 가기 전, 남편에게 가장 먼저 할 질문이 그것이라고 말했더니 남편은 "그러니까 전문가에게 맡기는 거지"라고 했습니다. 이 말을 듣고 '해결'하기로 마음먹었습니다. 선생님께서 보내신 메시지에서 "작지만 흥미진진한 집"이라는 말씀에 매우 기뻤습니다. '선생님도 작은 집에 대한 생각이 있구나.' 생각했습니다. 그리고 어제 그 부분을 언급하신 것 같은데, 충분히 이야기 나누지 못했는지 아침에 일어나자마자 궁금함이 일었습니다.

'27평 정도'에 대해 여쭈려고 합니다. 여주에서 우리 두 사람이 살기에 적정한 규모는 얼마나 될까 생각해보았습니다. 저희가 지금 사는 집, 어릴 적에 살던 단독주택을 회상하며 이 정도이면 되겠다고 생각했습니다. 다음 사람을 위해 여지를 남겨 놓고 싶은 것도 진심입니다. 저희가 원하는 바를 구현하려면 27평은 부족한가요? 다음 사람을 위해 6평 정도 남겨 놓는 것은 오지랖일까요? 나이 들어 관리하기 어렵지 않아야 한다는 것보다는 나이 들면서 필요 이상의 공간을 차지하지 않겠다는 생각입니다. 집이 아담해도 사방 마당과 전이공간(이것도 건평에 포함된다고 하셨지요)이 있어 답답하지는 않을 것 같은데 어떤가요? 사실 집을 작게 지어 놓고 나중에 후회할까 봐 걱정도 됩니다.

그리고 이건 그냥 궁금한 건데, 채 나눔으로 외관의 균형미를 어떻게 구현하실지 엄청 궁금합니다!

메일, 메시지, 전화, 사무실 방문, 또 어떤 방법이 있을지 무엇이든 편한 방법으로 말씀해주세요. 빚쟁이처럼 말씀드리고 있네요.
앞으로도 궁금한 게 생기면 어떻게 하나, 다른 건축가를 더 만나보라고 하셨는데 누구를 만나야 하나, 아무나 만나기는 싫은데…… 선생님을 뵙고 와서 생각이 더 많은 할머니가 되었습니다.

안녕하세요, 사모님. 조 소장입니다.

첫 번째 질문인 '원하는 것이 다 가능한가요?'에 대해서는 조심스럽지만 '그렇다'라고 말씀드릴 수 있겠네요. 법과 기술적 제한 안에서는 원하는 것을 다 구현하셔야죠.

27평이라는 면적은 어떻게 보면 클 수도 작을 수도 있습니다. 숫자는 절대적인데, 느끼는 사람마다 상대적인 것이 집의 면적입니다. 두 분이 사시는 집으로는 절대 작지 않지만, 가족과 친구 분들이 모이시면 작다고 느끼실 수도 있겠죠. 설계하면서 적정한 크기를 가늠해야 할 것 같습니다.

궁금하신 내용이 생기시면 지금처럼 편하게 메일 주세요.
설 연휴 잘 보내시고, 새해 복 많이 받으세요.

선생님!

초보의 어리석은 질문에 '설계를 하며 적정한 집의 크기를 가늠해가면 된다'라고 현명하게 답해주셔서 고맙습니다. 그리고 궁금하면 메일로 물어달라고 말씀해주셔서 고맙습니다.

어제 아침에 생각 없이 메일 보내고 나서 후회했습니다. 무식한 질문을 해서 무례하게 느끼지 않을까, 계약도 하지 않고 얌체처럼 질문부터 해서 불쾌해하지 않을까 싶어 안절부절못했습니다. 너그러이 받아주셔서 거듭 고맙습니다.

두 가지 질문할 게 있습니다. 혹시 제가 만나보았으면 하는 건축가가 있으신지요? 제가 호칭을 선생님으로 했는데, 소장님, 교수님 혹은 더 편한 호칭이 있는지요? 오늘도 불편하게 해드리는 건 아닌가 하면서도 궁금함을 참지 못하고 여쭈었습니다.
민망함과 안녕을 담아 보냅니다.

소장님, 안녕하세요.

설날 아침 떡국은 드셨는지요? 저희도 떡국 한 그릇에 나이 한 살 뚝 딱 더 먹고 여주 집 이야기로 기축년을 시작합니다.

추천해주신 최 소장님을 만나보았습니다. 직접은 아니고, 블로그를 통해서요. 말씀하신 대로 훌륭한 분이십니다. 왜 추천해주셨을까 생 각하며 읽어보았습니다. 훌륭한 분이라서, 제가 아직 모르는 게 많으 니 더 배우고 오라고, 저희 것을 맡으시기에 바빠서 최 소장님에게 토스하자, 아니면 설계비를 깎을 것 같아서? (물론 제가 빚쟁이처럼 두 번이나 가혹 행위를 해서 추천하셨지만요. 제가 이래요. 사실 사 무실에서 추천해달라고 한 것은 기억도 나지 않는데 남편이 일깨워 주었어요. 제 별명이 'Let me go'라고.)

최 소장님 블로그의 이야기를 들으면서 집에 대한 그분의 말씀에 거 의 동의했습니다. 조급한 마음에 휙 읽어서 지나치거나 스쳐버린 내 용이 있을 수도 있습니다만 믿고 맡길 수 있는 분이라고 생각했습니 다. 최 소장님이 자기 집을 지으면서 새삼 깨달은 바를 이야기하실 때는 감동으로 가슴이 자주 뜨거워졌습니다. 책을 네 권이나 쓰신 분이니 섬세함도 남다르다고 느꼈습니다. 읽는 것을 좋아하고 글로 정리하는 습관도 부러웠습니다. 한편으로는 이분과 집을 지으면 이야기를 얼마나 많이 해야 하나, 어디까지 고백해야 하나 생각도 했습니다. 이런 배움의 기회를 주신 소장님께 감사드립니다.

그런데 말입니다. 이런 생각도 했습니다. 추천받은 사람을 보면 추천한 사람을 알 수 있다고 합니다. 자기보다 나은 사람을 추천하는 사람은 자신감과 덕성이 있는 사람인 경우가 많고, 자기만 못한 사람을 추천하는 사람은 그 반대라고 합니다. '이 경우는 어떤 경우일까? 여친에게 자기 친구를 소개했다가 고무신 거꾸로 신고 달아나버리는 경우처럼 되면 어쩌려고 최 소장님을 소개하셨을까? 말을 나눠보면 왜 추천했는지 알 거라고? 최 소장님께 가라는 뜻인가, 아니면 또 다른 누군가를 찾으라고? 우리는 설계비를 깎아달라고 하지 않을 건데…….' 소장님과는 직접 만나 이야기를 나누었지만, 집에 대한 생각에 대해서는 최 소장님 블로그 내용이 많아서 최 소장님에 대한 정보가 더 많게 느껴집니다. 그런 점에서 최 소장님과 소장님은 생각이 같은 분이라고 생각했습니다. 비교하는 것 같은 이 분위기 뭐지! 이상하게 흘러가네요.

결론을 말씀드리면, 저희는 소장님과 함께 여주 집을 짓고 싶습니다.

소장님은 저희의 첫사랑입니다. 남편은 디자인 감리를 통해 책임을 다하는 태도가 믿음직스럽다고 합니다. 소장님 일이 너무 바쁘지 않으면, 저희와 맞는다면 우리 집을 맡아주시겠습니까?

사려 없이 직진하는 할머니가 오늘도 소장님께 실례를 범했을까 걱정됩니다. 이렇게 말씀드리기도 송구합니다만 저희나 깊은 뜻 없이 저지르는 저의 실례를 너그러이 받아주셨듯이 언짢으시면 언제라도 털어버리시기를 부탁드립니다.

소장님 댁내에 좋은 일, 재미있는 일, 기쁜 일이 번갈아 가며 심심치 않게 생기는 한 해가 되기를 기원합니다.

2021.02.13

안녕하세요. 오늘 또 재미있는 이야기를 해주시니 자꾸 메일이 기다려지네요. 뵌 것은 한 번인데 글로 꽤 많이 정이 들어버린 것 같아요. 이렇게 주고받는 메일이 연서 같은 느낌도 드네요.

건축가를 소개해 드릴 때 제가 기대했던 상황이네요. 다행스러운 전개입니다. 다만 혹여 기대하시던 것들의 채움이 부족하거나 소홀해지면 어떡하나 걱정됩니다. 그럴 때는 지금처럼 스스럼없이 말씀해 주세요.

저도 주제는 안 되지만 책 한 권 쓰고 있습니다. 초고는 탈고했고, 꽃 피는 4월이면 책이 나오겠네요. 얕은 지식으로 책을 쓰려니 힘들지만, 저의 속마음을 있는 그대로 쓰다 보니 글 쓰는 재미가 붙네요.

초고를 끝내니 또 쓰고 싶은 욕망이 꿈틀거립니다. '양수리'에 대한 이야기를 써보고 싶었는데, 사모님의 글을 읽다 보니 문득 이 집을 주제로 글을 써도 재미있겠다는 생각이 들었습니다.

2월은 하던 일을 정리해야 할 것 같습니다. 날이 좀 따뜻해지는 3월부터 시작하시면 어떨까 싶습니다. 재미있는 답 메일 또 기대합니다. 남은 휴일 잘 보내세요.

2021.03.02

안녕하세요. 조 소장입니다.

이제 3월이 되었네요. 슬슬 여주 집 설계를 시작할 때가 된 것 같습니다. 저번에 말씀드렸던 계약서 초안과 일정 계획을 보내 드립니다. 다음 주 즈음 계약을 진행하면 어떨까 싶네요. 보시고 의견 주세요.

2021.03.06

소장님, 여전히 바쁘시지요?

저는 3월 들어서며 덜 바빠서, 작지만 가볍지 않은 책 두 권을 읽으며 농막의 여유를 누리고 있습니다. 이번 편지는 호외라고 부제를 붙여 보았습니다. 소장님이 바쁘셔서 답을 하지 못하시니 그전에 슬쩍 내려놓고 갑니다.
어제는 조경하는 분과 왕대리에 갔습니다. 집과 마당을 함께 생각해서 설계해보고 싶어서 마당에 대해 의견을 구하려고요. (이 역시 저의 급한 성격과 호사 취미로 벌인 일입니다.)

거기에서 그분이 "작은 집을 굳이 설계할 필요가 있을까요? 생각하는 것을 시공 팀과 상의하면 더 싸게 지을 수 있을 텐데요"라고 말했습니다. 그분은 저와 등산모임을 같이 하고 매우 신뢰하는 분이어서,

잠깐 그분의 말씀을 생각해보기로 했습니다. 남편도 부가세가 추가된 것에 부담을 느끼던 차에 다시 생각해보자고 했습니다.

처음 귀촌을 생각하던 때부터 현재 바라는 것까지 되돌아보니, 두 가지로 요약되었습니다. 내가 살고 싶은 집이 특별한 집인가, 건축가가 설계하고 감리하는 집과 시공업자와 설계하고 짓는 집은 얼마나 다른가?

제가 살고 싶은 집은 특별한 집이 아니라고 생각합니다. 사람은 누구나 집을 지을 수 있고, 저희는 작은 집을 원하니까요. 그러면서 작지만 흥미로운 집, 소박하지만 섬세하게 만져야 할 집이라고 하신 소장님의 말씀과, 작은 집일수록 설계가 어렵다는 한 분의 말씀이 생각났습니다.

건축가에게 설계를 의뢰하려고 마음먹은 지점이 있습니다. 책에서 읽은 건데요. 건축가들은 땅을 읽고 바람의 방향을 가늠해서 집을 앉히고 창을 낸다는 게 신기했습니다. 저는 여주 땅에서 손가락에 물 대신 침을 묻혀 바람의 흐름을 느껴보려고 했으나 잘 모르겠더라고요. 외벽 벽돌 색깔도 비슷하지만 다르다고 치밀하게 검토하는 건축가의 안목도 빌리고 싶었습니다. 오래전에 유명 디자이너의 블라우스를 입어보았는데, 편안하고 멋짐이 오래도록 변하지 않아 입는 내

내 행복했습니다. 집도 그렇지 않을까 생각했습니다. 한편으로는 시공을 많이 해본 사람, 그런 안목과 정성을 가진 시공업자도 있지 않을까 생각도 했습니다. 그 차이가 얼마나 될까? 차이가 별로 크지 않을 수도 있을 것 같습니다. 그 작은 차이에 사치스럽지만 투자할 것인가, 차이를 감수할 것인가?

결국 돈 문제더군요. 누군가에게 귀한 돈을 내가 이렇게 쓰는 게 사치인가 하는. 결론은 남편에게 미루었습니다. 생각 많은 할머니는 결정장애거든요. 귀차니스트 남편이 과연 어떤 결론을 내릴까요?

이상이 소장님이 바쁘신 틈을 타서 딴생각한 할머니의 고백입니다. 그래서 호외 편입니다. 설계를 시작하지는 않았지만, 언제든 솔직하게 말해달라는 소장님의 말씀에 기대어 호외를 날려봅니다. 알고 계시겠지만, 보통 건축주들이 집을 지으면서 겪는 일이라 생각해서요. 건축가를 갈아탈 생각은 없습니다. 혹시 그렇게 생각하실까 봐 말씀드려요.

(추신) 이 편지를 읽고 소장님이 어떻게 생각하실까 짐작해봅니다. 바쁜데 혹 하나 뗄 수 있게 됐네 할까? 아니면 재미있는 집을 지을 기회를 놓치시다니 안타깝네 할까?

이 메일을 받고 가슴이 철렁 내려앉았다. 재미있는 집을 설계할 기회가 날아간 것인가? 설계에 대한 욕망이 자칫 돈에 대한 욕망으로 비친 것은 아닐까? 별의별 생각으로 잠들지 못하는 몇 밤을 보내고 나서야 결국 우리와 설계를 진행하겠다는 감사한 결정을 들을 수 있었다. 귀차니스트 어르신께 큰절이라도 올리고 싶었다.

실패한 풋사랑이 될 뻔했던 여주 집은 특별한 인연을 알아본 두 분 덕분에 이렇게 내게 왔다.

너에게 가는 길

너에게 가마! 나에게 오라!

소설의 제목처럼 운명처럼 나에게 왔으니, 이제는 너에게 가는 길이 남았다. 그 첫발은 땅을 보러 가는 것이었다. 그때 블로그 속의 기억은 이렇다.

여주 집이 자리할 땅을 보러 왔다.

편안해 보이는 땅이다. 평평한 너른 논에 일곱 집이 들어설 예정인데, 저마다 땅을 높이려 들면 어쩌나 싶다. 함께 기대며 살자고 모이신 분들이니 기우일 수도 있겠다.

수평으로 눈이 닿는 곳에는 인삼밭과 농막과 비닐하우스가 들어온다. 좀 아쉬운 부분이다. 그래도 눈을 살짝 들면 삼면을 둘러싼 키 큰 소나무 숲이 보이고 남쪽 들판으로는 효종대왕릉이 자리한 나지막한 구릉이 편안하다. 몸을 편안히 받아주는 푹신한 소파에 몸을 기대고 바라보는 시선에 저 솔숲과 구릉이 들어오면 좋겠다는 상상을 해본다. 오늘같이 따뜻한 날, 창문을 열었을 때 솔잎 부딪는 소리가 들리면 더 좋을 테고.

첫 미팅을 앞두고, 영성, 따뜻함, 진실을 화두로 던지신 사모님의 마음에 어찌 다가갈지 고민하는 시간이 꽤 길었다. 두 분의 생활을 기능적으로 담아내는 집이 목표가 아니었기에 시작이 더 조심스러웠다. 거짓 없이 바르기 위해서는 눈을 현혹하는 형태와 장식이 과하면 안 될 것이었다.

따뜻함이란 집 온도가 높은 집이 아닌 마음의 온도가 높은 집일 것이다. 영성은? 솔직히 종교가 없는 내게는 와 닿지 않는 말이었다. 그룹은 영성을 "모든 인간의 머리, 가슴, 손을 쓰는 통전적인 일이며, 온전한 삶의 방식"이라 했고, 그리피스는 "우주 전체를 지배하며 관통하는 보편성과 인간이 일치되는 지점으로, 인간 초월의 지점이며, 무한과 유한이 일시적인 것과 영원한 것이, 다수와 하나가 만나고 접촉하는 지점"으로 정의 내렸다.
알쏭달쏭한 정의인데, 나는 이것을 '집은 나와 세상이 합일

되는 곳'으로 이해하기로 했다. 나를 온전히 담으면 세상을 담는 것과 같으므로 집은 오히려 면적에서 자유로울 것이었다. 이런 생각이 하나로 모여 생각난 단어는 '고졸함'이었다.

잔재주를 부리기보다는 집이 땅에 원래부터 있던 듯, 여주의 완만한 들판을 닮은 집이 자연스럽게 내려앉고 두 분과 함께 나이 먹어 시김 되면 좋겠다는 생각이 들었다. 이제 시작이니 너무 섣부른 마음일 수도 있겠다.

이것으로 두 분과 집에 관한 이야기를 시작하는 것에 의미를 두기로 했다.

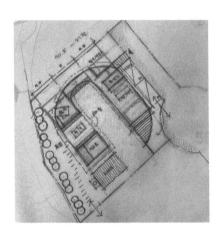

첫 미팅을 마치고 사모님은 장문의 메일을 보내오셨다.

2021.04.04

소장님께

첫 그림 미팅을 마치고 돌아와 편지를 씁니다. 어제는 앞집에 살 친구네와 함께 농막에서 이른 아침부터 씨감자와 삼채, 초석잠을 심고, 표고버섯과 느타리버섯 종균을 나무에 심고, 밤까지 집 이야기를 하느라 이제야 답을 드립니다.

무엇보다 먼저, 첫 그림을 보여주셨는데 정작 가장 중요한 말씀을 드리지 못했습니다.

"우리 집을 이렇게 고민하고 탄생시켜주셔서 고맙습니다."

사무실을 나와서야 이 말씀을 드리지 못했다는 것을 알아차렸습니다. '본격적인 만남에서 이 중요한 감상을 전하지 못하고 도대체 무슨 말들을 한 거야?' 하니 민망해졌습니다. 집을 설계하는 건 난생처음이라 건축사 사무실도 익숙하지 않고, 묻는 말 외에 무슨 말을 어떻게 해야 할지 몰라서 어리둥절했습니다. 겨우 "제가 원하는 걸 다 담으셨던데요." 정도로 제 상태를 표현했습니다. 화장실에 대해서 저도 의견이 있었는데, 제가 아무 말 하지 못하고 있으니 남편이 나서서 의견을 말했잖아요. 제 의견은 남편과 조금 달랐는데, 남편이 짚은 점에 어느 정도 수긍해서 가만히 있었어요. 그런 장면을 돌아보니 제가 입학 첫날 등교한 학생 같았더군요.

소장님이 저희에게 보여주신 첫 그림을 마음에 들지 않아 할까 봐 걱정하셨다는 말씀, 끝에 가서야 이대로 진행해도 되겠는지 물으시는 모습을 떠올리며 그저 빙긋 웃고 있습니다. 이제 탄생한 여주 집을 보니 재미있습니다. 저 혼자 찾아보고 상상하던 때보다 사뭇 즐거운 것은 전적으로 소장님 덕분입니다. 앞으로 이 집을 조심조심, 조곤조곤 키우는 과정이 또 얼마나 재미있을까 기대됩니다.

블로그에 첫 그림을 올려주셨을 때, 다른 때와 달리 바로 '좋아요'를 하지 못하고 보고 또 보았습니다. 그 집에서 사는 모습을 그려보려고 애썼지요. 제가 원하는 집의 요소들을 찾아보고 설레기도 하고, 뭐가 부족한 게 없나 실체 없는 걱정도 했습니다. 그날 밤은 흥분해서 일찍 잠들지 못했습니다. 다음 날도, 그다음 날도 아침저녁으로 이리

보고 저리 보았지요. 게스트룸을 방 두 개로 나눌 수 있으면 좋겠다, 옷과 침구는 어디에 넣을까, 숨을 구석은 어디일까, 다락인가 2층인가, 탁구장은 아마 나중에 선룸 같은 전이공간으로 생각하시나보다, 동서남북 마당과 가운데 마당의 크기는 얼마나 될까, 앞마당이 좀 길었으면 좋겠네 하면서요. 남편은 잘 모르겠다면서 "소장님을 만나서 이야기를 들으면 알겠지" 하고는 별 말이 없었답니다. 그제 소장님과 이야기하면서 보니 화장실 외에는 불편함이 없고, 설계의 콘셉트를 이해하고 수용하는 줄 알았는데, 돌아와서 이야기하니 화장실을 해결하려면 ㄱ자 집에 별채(게스트룸) 정도가 어떤가 하는 의견을 말해서 소장님이 다 알아서 해주실 거라고, 다음을 기다려보자고 했습니다. 저는 복도에 끌립니다. 겨울날 대청 마루방 분합문 앞에서 볕을 쪼이던 어린 저를 위해 만드셨구나 생각했습니다. 제가 좋아하는 후배는 여주 집 그림을 보고 복도에서 영성을 느낀다고 했답니다. 다음 그림에서 복도가 어떻게 될지 기대보다 걱정이 앞섭니다.

집 이름은 남편에게 부탁했습니다. 우리 집은 고졸한 집, 도연명의 집이니, 수졸당이 어떠냐 하기에 그 이름은 너무 많이들 써서 안 된다고 퇴짜를 놓았습니다. 남편은 퇴짜에도 굴하지 않고 도연명의 집답게 벚나무보다 매화나무를 심자면서 정원을 '졸정원'이라고 하면 어떨까, 별채는 외손녀인 '서하'의 이름을 따서 '서하재'–서쪽 노을

서재, 본채는 친손주 두 아이의 이름인 '동율'과 '지인'에서 한 자씩 따서 '동인당'이 어떠냐, 그럼 6월과 7월에 태어나는 아이들이 서운해하지 않을까, 이 아이들 이름까지 생기면 그때 짓자 등등 귀차니스트께서 집 이름 짓기를 부지런히 하고 있습니다. 전에 말씀드렸듯이 남편은 집에 욕심이 없는 사람이라 제가 책을 읽고 영상을 보고 말해도 별 반응을 하지 않았거든요. 그래서 남편의 이런 모습이 신기방기, 신통방통합니다.

친구네는 서쪽으로 붙일 거라고 합니다. 단층에 다락방을 올린 본채는 가로 7m 세로 13m 정도로 저희 경계에서 2m 떼어 앉히고, 별채를 본채 앞에 서쪽으로 6평 놓을 계획이라고 합니다. 설계하시면서 저희나 집에 대한 정보가 더 필요하면 말씀해주세요.

그제 저희를 무어라 부를지 갸웃하는 모습을 보면서 남편과 이야기해보았는데, 그냥 소장님이 편하신 대로 사장님, 사모님이든 할아버지 할머니든 저희는 좋습니다. 부담 없이 들으시기를 바랍니다.

고백 하나. 그제 미팅에서 가장 인상 깊은 것은 '제가 너무 진지해서 부담을 가졌다'라는 말씀이었습니다.
'맞다. 나 원하는 게 생기면 엄청 집착하지! 그게 어렵든 쉽든 생각할

수 있는 건 다 꺼내서 어떻게든 해보려고 하지! 옛날엔 더했지! 요즘
은 덜한 줄 알았는데 그건 내 착각이었나?'

그 말을 듣고 제가 집에 대해서뿐만 아니라 관심 있는 일에 대해 아
직도 엄청 진지하고 온갖 생각을 다 한다는 걸 확실히 깨달았다니까
요. 그런데 이제까지 저에게 직접 이렇게 말해준 사람은 없었던 것
같아요. 남편은 몇 번 말했을 텐데 제가 달라지지 않으니 '그래 나만
귀찮게 하지 마라' 했을 거예요. 그런데 소장님의 말씀은 그냥 지나
가지 않았어요. 이제야 철드나 봐요. 무엇보다도 이제까지 나의 진지
함이 다른 사람을 많이 부담스럽게 했겠구나 하는 걸 깨달았답니다.
(그다음 전개는 생략합니다.)
이렇게 여주 집은 들어가 살기도 전에 저를 가르칩니다. 여주 집과 소
장님께 고맙습니다. 여주 집이, 소장님이 점점 좋아지는 건 덤입니다.

이 얼마나 사랑스러운 고백인가. 이 얼마나 힘이 되는 글인
가. 건축가는 건축주에게 존중받을 때, 신뢰를 보여줄 때 만
랩이 된다.

두 번째 미팅을 준비하며, 안마당을 중심에 두고 ㄷ자로 집

을 배치하는 것은 유지하되 곡면의 평면 형태를 직선으로 변경했다. 사모님께서 여주 집이 들어가 살기도 전에 당신을 가르쳤다고 깨닫듯 나 역시 형태에 집착해 멋을 부린 나 자신을 나무라며, 여주 집에 겸손해지기로 했다. 면적을 알뜰하게 사용해야 하는 작은 집에서 곡선은 사치다. 형태보다는 안채와 별채, 안마당과 대청마루, 거실과 주방 공간에서 두 분이 벌일 사건, 상황 등에 집중하고 그 사건 속에서 느끼는 영성, 따뜻함에 집중하기로 했다. 그 감정이 곧 여주 집 자체가 되어야 하므로.

별채는 게스트룸을 2개 배치하고 측면의 화장실을 공동으로 사용하게 계획했다. 게스트룸 하나는 사모님을 위한 방이고 나머지 하나는 자녀들이 놀러 왔을 때 머무를 방으로 예정했다. 자녀가 둘이니 동시에 오는 경우를 가정해서 다락을 계획했다. 안방과 거실, 주방을 연결하는 복도를 확장해서 다락으로 올라가는 계단을 두고, 계단은 두 분이 좋아하는 책을 꽂아두는 책꽂이를 겸하면 좋을 듯했다.

뒷사람을 위해 남기고 싶은 공간은 탁구대가 놓이는 공간과 겸하게 계획했지만, 이런저런 실을 배치하다 보니 제한된

20%의 건폐율을 넘겨야 하는 상황이 되었다. 고민이었다.
두 분과 이 고민을 같이 나누기로 하고 어느 화창한 봄날에
두 번째 미팅을 진행했다.

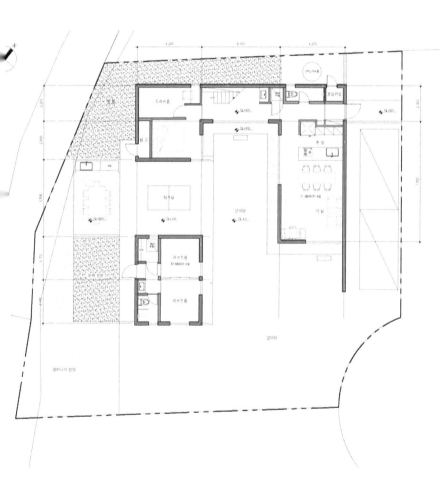

소장님께

이번 주는 별일도 없이 메일이 늦어졌습니다. 뜻밖에 소장님 메일을 받으니 기분이 나쁘지 않네요. 참! 별일 있었습니다. 소장님의 오래된 소망을 이루신 것 축하드립니다. 덕분에 저도 버킷리스트를 생각해보았어요. '물만 열심히 저었지 이렇다 할 취향이란 게 없이 살았구나'하는 슬픈 결론에 이르긴 했지만, 의미 있는 시간이었답니다.

'이제부터라도! 여주 집에서!'라고 말하려니 남편이 요즘 밀고 있는 집 이름이 '무위재', '무위당'이네요.

지난 토요일 두 번째 그림을 보고 돌아와 남편과 이야기를 나누다 보니 남편은 부엌창고가, 저는 물을 쓰는 다용도실이 미흡하다는 걸 알게 되었어요. 주방 싱크대에 끌어들이기 어려운 김칫거리나 많은 푸성귀를 씻을 때 여름에는 바깥 수도를 쓰면 되는데, 다른 계절이나 저녁에는 실내 공간에서 하는 게 좋아요. 보일러실을 늘려서 큰 다라이 두 개 정도를 바닥에 놓고 쓰고(이 대목에서 다른 방법이 없을까 생각하다가 일단 구닥다리 할머니가 되기로 합니다), 위쪽에는 선반을 달아 아까 그 다라이들, 곰탕용 찜솥들, 휴대용 가스버너, 대형 플라스틱 사각 김치통(아, 이걸 끌고 가야 할까요), 채소 말린 것, 각종 곡류를 보관하면 어떨까 합니다.

여주에 가면 자전거를 두 대 보유할 예정입니다. 자전거는 어디에 두어야 할까요? 처마 밑에 비를 맞지 않게 둘 수 있을까요?

저희가 가지고 있는, 가지고 갈 가능성이 있는 가구, 가전의 크기는 다음과 같습니다.

1. 침대: 가로 180㎝, 세로 250㎝, 높이 43㎝.
   (침대가 커서 농막에서 쓰고 있는 가로 150㎝, 세로 210㎝, 높이 50㎝로 가져갈까? 침실과 드레스룸 공간 나눔을 가변적으로 하는 방법이 뭐가 있을까? 커튼? 나이 들면서 옷은 줄어들 텐데 아예 확 줄여서 가면 아무 일도 일어나지 않겠지.)
2. 냉장고: 가로 83.5㎝, 세로 73.4㎝, 높이 178.7㎝.
3. 김치냉장고(구입 예정): 가로 66.6㎝, 세로 73.7㎝, 높이 180.2㎝.
4. 고가구(궤짝): 가로 95㎝, 세로 36㎝, 높이 68㎝.

다음부터는 대체할 수 있으면 가져가지 않아도 되는 것들입니다.

1. 자개장식장: 가로 60㎝, 세로 45㎝, 높이 178㎝.

   (두 개인데, 하나만 가져갈지 가져가지 않을지 생각 중. 별채에 니치를 만들어 어머니 기념품을 놓으면 어떨까 하고요.)

2. 식탁: 가로 120㎝, 세로 90㎝, 높이 77㎝.

   (의자 4개 있음. 이 식탁을 살 때 평생 쓸 수 있다고 한 말을 남편이 기억하고 있어서…….)

3. 책상(1): 가로 145㎝, 세로 76㎝, 높이 72㎝. (딸이 쓰던 것이라.)

4. 책상(2): 가로 120㎝, 세로 75㎝, 높이 73㎝.

   (조립하고 오일스테인 칠을 해서 여주 농막에서 쓰고 있는데, 수도자의 책상 같아서…….)

5. 오픈 책장(1): 가로 70㎝, 세로 30㎝, 높이 180㎝.

   (30년 된 집성목서가, 정이 들어서…….)

6. 오픈 책장(2): 가로 60㎝, 세로 30㎝, 높이 205㎝.

   (가로 80㎝, 세로 30㎝, 높이 205㎝로, 5년 된 새것이라…….)

가구 외에 필요한 물건들과 수납을 이제부터 정리해보려고 합니다. 필수적인 것, 충분조건에 해당하는 것, 소장할 것으로 분류해서 어디에 배치할지 구상해보려고요. 제로에서 시작해보려는데 미련 때문에 들었다 놓았다 하겠지요. 머리는 미니멀리즘! 적어도 집에 맞추자 하면서도요.

이번 주에는 욕실을 제일 많이 생각했습니다. '변기와 세면대+샤워기', '욕조만 있는 욕실' 이렇게 분리하는 게 내 바람인데 어떻게 배치할 수 있을까, 계단 아래로 간이 세면대를 두고 파우더룸처럼 쓸 수 없을까, 쭉 늘어놓으면서 궁리해보았어요. 우선순위를 '변기+세면대+샤워기', '욕조', '별도 세면대'로 하고, 세 가지를 다 갖추는 게 어려우면 '별도 세면대'는 포기할 수도 있습니다. 두 가지로 가는 것도 어려우면 욕조까지 한 실에 집어넣고요. 제가 너무 일찍 포기하는 것 같아요.

집의 크기도 생각해보았습니다. 요즘은 줄자를 가지고 다니면서 이 정도면 몇 ㎝인가 재본답니다. 세면대도 재보고 변기도 재고 다용도실도 재고 싱크대도 잽니다. 어제 아들 집에 간 김에 주방과 거실의 크기를 가늠해보았어요. 그 집은 아파트인데, 베란다를 터서 가로 4m 세로 7.7m, 둘째 그림의 여주 집은 가로 4.2m 세로 7.5m로 비슷해요. 남편과 갑갑하지 않을까 걱정하다가 제가 여주 집은 바깥으로 툇마루가 있는 단층이라 그 정도면 되겠다고 했습니다.

지난 토요일에 소장님께서 탁구대 놓는 공간을 건축 면적에 포함하는 것을 포기해야 할 것 같다고 하셨는데 저는 아직은 포기하고 싶지 않습니다. 저희가 되었든 다음 사람이 되었든 그 공간을 필요할 때 마음 편히 리모델링해서 쓸 수 있게 하는 게 나을 것 같아서요.

또 지난주에 골조를 나무로 제안하신 것에 대해 생각해보았습니다. 집을 지을 때 자재 품귀나 자재 가격 상승과 같은 현상이 보통 있나요? 요즘 건축용 목재가 그렇다는 말들이 있어서요. 그리고 소장님께서 우리 집을 맡길 만한 목조주택 시공 팀이 있는지요? 웹에 목조주택에서 일어나는 하자에 관한 기사가 많이 보여요. 목조주택이 늘어나고 목조주택에 대해 사람들이 많이 관심을 가지니 그런 거겠지요? 저희는 소장님께서 이끄는 대로 따를 것입니다만, 콘크리트+나무 지붕에서 목구조로 변경하신 것이 비용 때문이라면 바꾸지 않아도 된다고 말씀드립니다.

첫 그림의 곡선은 저도 처음에는 좀 놀라웠지요! 그러고 보니 곡선에 대해 남편과 구체적인 이야기를 나누지 않았네요. 아마 둘 다 소화하는 중에 바뀌어서 그랬나 봅니다. 남편은 그런가 보다, 그런데 쓸모는 덜 하겠구나 했어요. 첫 그림을 보고 이리저리 상상하다 보니 내것이 되었는데 모래처럼 사라져서 아쉬워하긴 해요. 대신 별채를 내 공간이라고 생각하니 내 취향을 반영해야겠다고 생각합니다. 복도와 계단도 많이 생각나는 공간이고요. 한편 집에 대한 취향이 경험에 고착되는 게 아쉽다고 생각합니다. 호기심을 발동시켜서 막 나가볼까 하다가, 같이 사는 남편을 배려해야지 합니다. 남편은 별채도 별로라고 생각하거든요. 저는 첫 그림에서부터 집의 자태에서 품격을 느낄 수 있었습니다. 이 품격은 계속 그대로 가겠구나 하는 믿음이 생겼고요. 저희가 아직은 적응 중이라 피드백이 느립니다. 앞으로 조금씩 나아지겠지요.

봄꽃들이 진 자리에서 열매를 만드는 소리 없는 소란이 느껴집니다. 저도 소장님이 보여주시는 그림을 보고 나면 그림 속에서 사는 모습을 그리느라 소란스러워집니다. 소장님은 거두는 자식이 많아 무척 소란스러울 것 같아요.

애마 랭글러를 향해 웃음 짓는 소장님의 모습을 그려보며, 서화마을의 한가한 아침을 함께 보냅니다.

나는 어릴 때 맥가이버를 좋아했다. 총이 아닌 주변에서 보이는 물건들을 조합해 적을 제압하는 것도 좋았지만, 그가 타고 다니던 지프와 선글라스가 특히 좋았다. 모래 먼지 펄펄 날릴 것 같은 지프로 도시를 달리는 모습도 좋았고, 정장을 입고 선글라스를 낀 채 지프에 기대어 아이스크림을 할짝거리는 장면에서는 저거다 싶었다. 부드러우면서도 강해 보이는 남자의 이미지, 꼭 저렇게 되고 싶다는 강렬한 욕망이 생겼다.

어른이 되어 선글라스와 정장은 준비했는데 지프만 없었다. 죽을 때까지 없을 수도 있겠다는 생각에 사무실이 안정화될 무렵 큰마음 먹고 하얀색 지프를 리스했다. 다 이루었다는 충만감이 들었다. 당장 지프의 뚜껑을 열고 검은색 정장을 입고 선글라스를 낀 채 봄날의 양수리를 달렸다. 벚꽃이 비처럼 내리는 길에 차를 세우고 아이스크림을 먹으며, 차창에 비친 내 모습을 흐뭇하게 바라보다가 깨달았다. 나는 맥가이버가 아니었음을. 그저 배 나온 대머리 아저씨였음을.

사모님의 메일 첫머리에 언급한 내 버킷리스트가 지프였고, 아마도 비루한 내 모습에 관한 이야기는 빼고 차 자랑을 한 듯싶다.

미팅 말미에 사모님에게 새집에 들일 가구 목록을 정리해달라고 요청했다. 옛집의 바통을 이어받는 새집에 세간이 따라오는 것은 당연하겠지만, '있으니 그냥 두는 것'과 '있어서 좋은 것'은 구별하고, 어떤 것을 꼭 가지고 올지에 대한 고민의 시간을 드리기 위해서다.

열심히 숙제하고 가구 하나하나의 의미를 곱씹는 사모님은 참 모범생이었다. 거기에 마음도 넓은 분이었다.

작은 집에서 꼭 뒷사람을 위해 여분의 공간을 남기고 싶다는 넉넉한 마음이 커 보이면서도 굳이 그렇게까지 할 필요가 있을까 싶었다. 두 분이 쓰실 공간도 모자라면서 누군지 모를 사람을 위해 면적을 남긴다고? 마뜩하지는 않았지만, 이것은 내가 풀어야 할 숙제였다. 사모님이 던지신 화두를 떠올렸다. 이 집에 기대하는 영성, 따뜻함, 진실함은 어디에서 비롯되었을까? 좋은 디자인과 건축적 장치를 통해 집 그 자체로 획득될 수 있을까?

아무리 설계한 집이 내 자식 같더라도 살아 있는 것이 아닌 터에 스스로 영성, 따뜻함과 진실함의 본성을 가질 수는 없다. 집은 오히려 그런 감정이 자라고 익어가는 밭과 같아서, 씨를 뿌리고 잘 가꿔갈 수 있게 밭의 모양을 만들고 잘 갈아야 하는 것이 내 몫이 아닌가 싶었다. 따뜻함, 진실함이 묻어나는 집이 되기 위해서라도 뒷사람에게 여분의 공간을 남기는 것이 꼭 필요했는지도 모르겠다. 그렇다면 나는 그 밭을 만들어야만 한다.

그래서 탁구대가 놓이는, 추후 뒷사람 몫으로 남겨 놓은 공간의 크기를 조금 줄이고 별채의 게스트룸을 두 개에서 한 개로 줄이는 쪽으로 계획을 수정했다. 두 분이 탁구를 하더라도 젊은이처럼 강 스매싱을 하실 것도 아닐 테니 조금 줄여도 탁구 치는 데는 지장이 없을 것이고, 게스트룸도 자녀들이 매일 오는 상황이 아니니 평소에는 사모님이 사용하시다가 자녀가 머무를 때만 내어주면 되겠다 싶었다. 게스트룸에서 줄인 면적을 고민하시던 화장실과 다용도실의 구성을 위해 할애했다.

사모님이 처음 우리를 찾아와서 했던 질문이 "제가 원하는 것이 다 가능한가요?"였다. 나는 "가능합니다"라고 대답했다. 원하는 기능을 모두 나열하고 각각 배치하는 방법으로는 한정된 면적 안에 다 담아내기 어렵다. 욕망의 교집합을 찾고 그것을 받아낼 공간을 구성해 실현해야 한다. 그 교집합의 장소가 탁구장이고 별채였다.

탁구장이 비를 맞지 않는 외부 공간이어야 하고, 뒷사람을 위해 남겨 놓고 싶은 공간도 뒷사람의 의도에 따라 내부가 되기도 하고 외부 공간으로 남겨질 수도 있는 선택적 상황이 되려면 지붕이 있어야 했다. 여기서 공통된 욕망은 '비를 맞지 않는 외부 공간'이었고 두 욕망을 함께 풀어내도 충돌하지 않을 상황이었다. 이렇게 두 가지 바람을 한 공간에 담아낸 것이 탁구장이었다.

별채도 마찬가지였다. 사모님은 TV 시청을 즐기는 남편과 물리적 거리를 두고 조용히 혼자만의 시간을 보낼 수 있는 공간을 바랐다. 자녀의 가족이나 손님이 왔을 때 서로가 눈치 보지 않고 편히 머무를 게스트룸도 필요했다. 여기서 공통된 욕망은 '방해받지 않는 공간'이었고, 그렇기에 게스트룸과 사모님의 서재가 한 공간에서 풀어질 수 있게 된 것이다.

별채와 탁구장의 관계 또한 서로의 존재가 필요한 상황으로, 탁구장이 성립되려면 안채와 분리된 별채가 필요했고, 안채와 분리된 조용한 별채도 탁구장 같은 완충 공간이 필요했다. 이렇게 내부 공간은 정리되어 가고 있었고, 이제는 집의 모양을 생각할 때였다.

안마당을 중심으로 집이 나뉘어 있는 평면의 모습이 집의 모양에서는 하나로 보였으면 좋겠다는 생각이 있었다. 그 이유는 안마당으로 집이 나뉜 것이 아니라 안마당을 중심으로 집이 모여 있다고 생각했기 때문이었다. 그래서 커다란 박공을 집 전체에 덮고 안마당 부분만 파내는 전략을 시도했다.

처음 평면 스케치를 할 때 평면의 곡선과 땅과 마주한 효종대왕릉이 자리한 나지막한 산이 겹쳐 지붕의 형태를 둥글게 다듬었다. 산 위에 걸린 달을 상상했다. 그 달을 보는데 지붕이 방해되면 안 되겠다 싶어 안마당에서 보이는 지붕을 파냈다. 둥글게.

그림을 한참 보다가 집의 이름이 떠올랐다. '산 위에 달을 걸고'를 줄여 '산달집'이라 하면 어떨까? 이미 '무위재'라는 집 이름을 염두에 두고 계시지만 슬쩍 집의 이미지와 함께 들이밀어 보기로 했다.

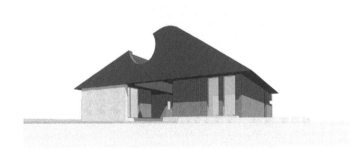

2021.05.05

소장님께.

제가 궁금해하는 것을 알고 얼른 네 번째 그림을 보내주셔서 고맙습니다.

입체로 보니 더 실감이 납니다. 동채와 안마당, 서채의 비율이 세 번째 보여주신 그림과 달라 보입니다. 특히 안마당이 좁아 보이는데 제대로 본 것인지요? 안마당에 세로로 꽃밭을 만들 생각이어서 하루 중 그늘이 어떻게 지는지 궁금했습니다.

전체적인 느낌은 고졸하기보다 멋 부린 집 같습니다. 너무 솔직하지요?

보내주신 그림을 보고 남편은 "재미있네"라고 했습니다. 저는 정면의 '산달'로 인해 집이 폐쇄적으로 보여서 답답하지 않을까 했습니다. '산달'의 미적 느낌에 대해서는 바로 말씀드리기 어렵네요. 처음 보여주신 그림에서 둥근 공간을 보았을 때와 비슷합니다. 새로워서 처음에는 어리둥절하다가 자꾸 보니 느낌이 왔거든요.

정면에서 보았을 때의 느낌은 말씀드렸고, 테라스와 대청에서 시야가 어떨까 상상해보았습니다. 대청에서는 앞산에 달이 걸린 게 그림 자극처럼 보일 것 같습니다. 테라스에서는 어떨까? 앞집을 가리면서 산 아래는 우리 집 앞마당, 산 위로는 효종대왕의 앞산이 보일까요? 또 밖에서 보면 테라스를 가려줄까요? 시그니처 '산달'이 없으면 어떤 느낌일까요? 허전할까요? 지붕은 스페니시 평기와가 어떨까 생각했는데 보내주신 그림은 금속이지요? 느낌을 말하라고 하셨는데 질문을 하고 있네요.

외벽은 나무 루버와 콘크리트(별채 일부, 승방 느낌)로 보입니다. 나무가 자연스러우면서 따뜻하게 느껴집니다. 미국의 목조주택처럼요. 그동안 사진으로는 루버와 콘크리트가 외벽인 집들은 콘크리트가 대부분이고 일부에 루버를 댄 것들인데, 이렇게 비율이 반대인 집은 한 번도 보지 못해서 느낌이 어떨지 잘 상상이 되지 않습니다. 외벽 재료를 섞어서 지은 집 중에서 마음을 끄는 집이 별로 없었고, 작은 집은 한 가지로 통일하는 게 좋지 않을까 생각했기 때문입니다. 이 부분도 자꾸 상상해보아야겠습니다. 오래된 것은 아니고 지난주부터 '검은 밤색 지붕에 회색 외벽'이나 '밤색 지붕에 노란 느낌의 벽돌 외벽'은 어떨까 생각했습니다. 제가 회색은 좋아하는데, 검은색과는 친하지 않아서요.

이상, 외출 전에 급히 되는 대로 솔직한 느낌을 말씀드렸습니다. 생각이 변하거나 더 생각나는 게 있으면 또 말씀드리겠습니다.

고졸하기보다 멋 부린 집이라니. 이렇게 때때로 원펀치를 날리시는데, 너무 방심하고 있었다. 지붕의 형태에 집착하고 있었던 것은 사실이다. 용마루 부분을 둥글게 굴리고 달의 모양을 따라 지붕을 파낸 것은 산과 달의 직설적이고 형태적 차용임을 인정할 수밖에 없었다. 자꾸 보고 있으니 이상하게 왜색적이기까지 했다.

사모님의 말씀 한마디와 자아비판을 통해 지붕의 형태는 가장 단순한 박공지붕 형태로 가기로 했다. 산달이라고 부르는, 안마당과 대청에서 산과 달을 보기 위해 뚫어 놓은 둥근 형태의 오픈도 사각형 형태로 바꾸었다. 대신 지붕의 형태를 따르는 각 파이프를 계획해 프레임화했다. 그렇게 하면 사각형 형태의 안마당과 대청에서 시작된 시선이 산과 하늘로 자연스럽게 이어질 것이고, 프레임에 가둔 하늘과 달이 만드는 특별한 장면이 이 집을 장소화하는 데 중요한 역할을 할 수 있을 것으로 생각해서다.

대청에서 바라본 안마당. 둥근 달의 형태는 지우고 각 파이프로 프레임을 만들었다.

이 집의 구조는 처음부터 철근콘크리트 구조를 염두에 두었다. 사모님은 투바이포(2×4) 공법이라고 불리는 경량목구조에 대한 불신이 있었다. 그럴 만도 하다. 경량목구조가 우리나라에 도입된 시기가 1990년대 초반이었고 역사가 길지 않아 시행착오가 많은 공법이었다.

도입 초기에는 전문가보다 어깨너머 배운 목수들에 의해 지어지는 경우가 많았고, 그렇다 보니 경량목구조에 대한 이해가 부족해서 벌어지는 하자가 빈번했다. 미국이나 캐나다에서 수입된 공법이다 보니 토착화되는 데도 시간이 걸렸다.

2000년대에 들어와 전원주택 붐이 일기 시작했다. 이전의 전원주택은 부유한 사람이 즐길 만한 자연환경이 있는 곳에 별장을 짓고 가끔 도시에서 지친 육신을 쉬게 하려는 목적이 강했다면, 이때는 웰빙 트랜드에 편승해서 건강한 자연의 삶을 꿈꾸는 이들이 삶의 터전을 통째로 도시 근처의 전원으로 옮겨 오는 방식이었다.

가족의 생활을 다 담아야 하니 집의 면적이 커졌고, 그들의 낭만적인 삶이 궁금해 찾아오는 손님을 위한 공간까지 담다 보니 면적은 더 커졌다. 아파트에서는 꿈도 꾸지 못하던 복층의 거실, 높은 천정고, 다락방 등을 넣다 보니 전원주택은 기본 2층 이상이 되었다. 넓은 면적의 2층 집이 이때 전원주택의 전형적인 모습이었다.

다락까지 있는 2층 규모의 큰 집을 지으려니 시공비가 문제였다. 그래서 사람들이 많이 선택한 것이 경량목구조였다. 철근콘크리트보다 공사 기간이 짧아 관리비가 줄어드는 효과가 있었고, 공정이 비교적 단순해 인건비 등이 절약되는 측면이 있어서 공사비가 철근콘크리트 구조보다 상대적으로 저렴했기 때문이다.

목구조를 계산하는 구조전문가도 없을 때라 미국이나 캐나다에서 적용하던 방식을 그대로 들여와 시공했는데, 우리의 생활방식과 풍토를 고려하지 못한 시공법이라 여러 문제가 발생했다. 미국, 캐나다와 우리나라가 다른 점은 기후적으로는 비가 많이 오는 다습한 환경이라는 것이고, 생활방식 면에서는 바닥 난방을 한다는 것이다.

'나무로 만든 집은 숨을 쉰다'고 한다. 실내가 습할 때는 나무가 습기를 머금고 건조할 때는 습기를 내놓는다. 이렇게 숨을 쉬게 하려면 바람을 통하게 하는 것이 중요하다. 실내의 습기를 외부로 배출하려면 바람이 통하는 통기층이 필요한데, 이 통기층을 만드는 공정이 레인스크린이다.

보통은 투습방습지와 마감재 사이를 띄워(15㎜ 이상) 레인스크린을 만드는데, 초기 목조주택에서는 이를 적용하지 않은 사례가 많았다. 레인스크린을 설치하지 않으면 결로나 생활습기가 배출되지 않고 나무에 쌓여 시간이 지나면 썩어 구조적인 문제가 발생한다.

우리가 사용하는 바닥 난방은 보통 습식 공사를 전제로 한다. 온수가 흐르는 파이프를 바닥에 깔고 모르타르를 덮어 바닥 난방을 구성하는데, 모르타르는 시멘트와 모래, 물을 섞어 만든다. 이렇듯 물이 사용되는 공사를 습식공사라 한다.

바닥 난방을 구성하는 방바닥 통미장은 시멘트와 모래로 구성된 바닥이라 나무로 만든 바닥보다 더 무겁다. 미국이나 캐나다의 목재 바닥에서 적용하는 장선의 규격으로는 2층 바닥의 하중을 감당하기에 버겁다.

무거운 바닥에 적합한 부재의 규격, 적용 방식이 제대로 자리 잡기까지 시간이 걸렸고, 이미 지어진 많은 목조주택에서 사용자들은 다양한 하자를 경험하며, 목조주택에 대한 불신을 키워온 것이다. 불신과 회의가 집을 지으려는 사람들에게 경고처럼 전해지고 목조주택은 싼 게 비지떡이라는 멍에를

지게 되었다. 새로운 것이 적용될 때 겪게 되는 시행착오는 어떻게 보면 피해가기 어려운 것이 아닌가 싶다.

새로운 기술을 적용한 신제품이 출시될 때 가장 먼저 사용하려는 이들을 '얼리어답터'라고 한다. 먼저 나서서 매를 맞으려는 이들, 얼리어답터는 시장에서 중요한 역할을 한다. 피드백을 통해 제품이 개선되고 사용자 경험의 향상을 기대할 수 있기 때문이다. 얼리어답터가 새로운 제품을 긍정적으로 받아들이면, 해당 제품에 대한 긍정적인 마케팅 효과를 기대할 수 있다.

시장에서는 얼리어답터가 하는 역할의 중요성을 알기에 이들을 위해 특별 할인을 해주거나 때로는 무상으로 제품을 제공하기도 한다. 얼리어답터 또한 초기 제품이 가진 결함이나 사용상의 문제점이 있을 수 있다는 것을 알면서도 구매를 강행한다. 새로운 경험을 즐기고, 다른 사람들에게 영향력을 미치고자 하는 동기가 여러 문제와 위험을 넘어서기 때문이다. 설사 문제가 있더라도 집이 풍비박산이 나거나 재산을 거덜 내는 정도는 아니기에 할 수 있는 소비일 것이다.

그런데 내 집 짓기는 다르다. 보통 사람은 평생에 한 번 할 수 있을까 말까 한 일이다. 그리고 가진 모든 것을 끌어오고 은행의 힘까지 빌려와야 할 수 있는 일이기도 하다. 이런 상황에서 아무리 새롭고 좋은 것이 나왔다고 하더라도 선뜻 취하기 어렵다. 사용자의 검증이 어느 정도 끝나고 움직이는 '레이트어답터'가 될 수밖에 없다.

그런데 목조주택이 도입 초기부터 사용자의 선택을 많이 받을 수 있었던 것은 미국이나 캐나다의 오랜 목조주택의 경험을 통해 이미 검증이 끝났다고 판단했기 때문이다. 거기에 더해 철근콘크리트보다 비교적 저렴한 건축비용이 한몫했을 것이다. 본의 아니게 얼리어답터가 된 건축주들이 공유한 집의 사용 후기는 긍정적인 면보다 부정적인 면이 더 컸고 결과적으로는 마케팅에 부정적인 영향을 미치게 되었다.

지금의 목조주택은 예전과는 많이 달라졌다. 그간 학계나 목조건축협회를 통해 지속적인 기술 발전을 이루었고, 국내 환경에 적합한 목구조 방식으로 개선되었으며, 이를 적용해 시공할 수 있는 전문적인 시공업체도 많아졌다.

"목조주택은 춥고 문이나 창도 삐걱거리고 잘 닫히지도 않고 결로도 많고 벌레도 많고……. 하여간 사람 살 데가 아니야"라는 천대를 받지 않아도 될 만큼 좋은 구조 방식으로 자리 잡았다. 물론 제대로 지을 때라는 단서가 붙지만 말이다.

이렇게 목구조에 대해 길게 늘어놓은 이유는, 이즈음 해서 여주 집의 구조 방식이 철근콘크리트보다 목구조가 적합하겠다는 생각이 들었기 때문이다.

변심한 첫 번째 이유는 세상사가 늘 그렇듯 돈이었다. 여주 집은 처마가 있는 높고 넓은 박공지붕으로 계획되었다. 물론 안마당 부분은 비워 놓았지만, 단층치고는 지붕의 규모가 상당하다. 이런 높고 넓은 경사 지붕을 철근콘크리트로 형성하려면 당연히 비용이 많이 들 수밖에 없으며, 합리적이지도 않다.

철근콘크리트가 가진 장점 중 하나가 평평한 지붕을 필요한 만큼 넓게 만들 수 있다는 것이다. 이전 시대에는 불가능한 것이었다. 콘크리트라는 재료는 돌이나 나무처럼 크기에 제한적이지 않고, 연속적이며, 내수성이 있어 넓고 평평한 지붕을 형성하더라도 방수에 대응하기 쉽다. 평평한 지붕을 계획했다면 철근 콘크리트보다 더 좋은 구조는 없을 것이다.

그런데 경사 지붕은 다르다. 경사면에 흐르는 콘크리트를 타설하는 것에는 돈과 노력이 많이 든다. 또 무겁기에 구조적인 부담도 크다. 작은 집이 비싸게 들인 무겁고 커다란 지붕을 이고 사는 것이 가혹한 업보처럼 다가왔고 고졸함과도 맞지 않는 몸피라는 생각이 들었다.

변심한 두 번째 이유는, 작은 집이지만 조금은 더 넓어 보였으면 좋겠다는 생각에서다.

철근콘크리트구조의 집은 구조체와는 별도로 마감을 위한 바탕 면이 따로 구성되어야 한다. 이 말은 철근콘크리트는 구조체일 뿐 내부 마감을 위한 석고보드나 합판을 바로 부착하는 바탕 면으로 사용할 수 없다는 의미다. 흔히 다루끼(각재)라고 불리는 목재 틀을 콘크리트 면에 붙여 바탕 면을 형성하고 그 위에 석고보드나 합판을 부착한다.

그런데 목구조는 구조체 자체가 마감을 위한 바탕 면으로 사용된다. 구조체의 치수 정합성이 높아 마감의 품질 또한 높다. 구조체가 바탕 면이 되므로 공정이 줄어 자재비나 인건비도 절감할 수 있다. 그리고 벽체의 두께를 철근콘크리트구조의 집보다 얇게 가져갈 수 있다. 건축법에서 적용하는 같은 면적이라도 실제 구현된 공간은 목구조 방식이 조금 더 커진다.

좀 더 정밀한 시공과 좀 더 넓은 면적의 공간을 찾을 수 있을 것이라는 기대가 변심의 두 번째 이유였다.

목구조로 변경하는 것에 대해 두 분은 흔쾌히 동의해주었다. 목구조에 대한 오해를 풀고 작은 여주 집에서 화해를 이룬 셈이다. 사모님은 재치 있고 마음이 넓은 분이기도 했지만, 한편으로 무섭고 집요한 면도 있었다. 집짓기 공부를 오래 하신 덕분인지 세세하게 요청하는 것이 많았다. 그 덕분에 설계의 내용은 더 충실해졌으니 그것으로 된 것 아닌가.

그런 요청의 메일 중 하나를 소개하면 이렇다. 다음 도면을 보내고 받은 메일이다.

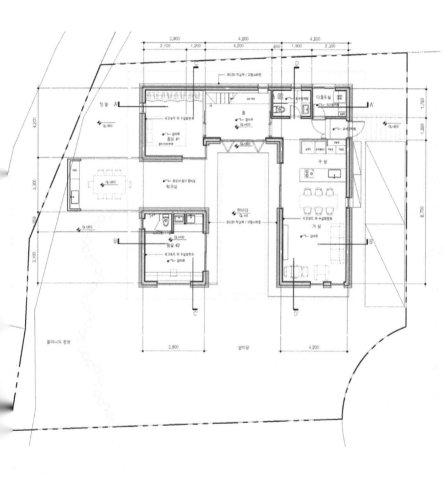

소장님, 주말은 주말답게 보내시는지요?

수정 도면과 CG 잘 보았습니다. 제가 요즘 상태가 안 좋아서 오래 보지는 못했습니다.

도면에서 달라진 것은 침실 1, 2이지요? 드레스룸 대신 붙박이장 도입으로 침실 1이 넓어진 것은 좋아하면서, 침실 2를 좀 더 넓게 하고싶은 욕심을 부리는 두 '나'를 데리고 있습니다. 침실 2는 다목적실로, 주로 저의 공간이기에 더 마음을 쓰게 됩니다. 또 아이들이 와서잘 때 조금이라도 쾌적했으면 합니다. 침실 1을 더 줄이면 창문이 문제가 되어 300 정도만 늘린 것으로 생각했습니다.

침실 2에 대해 말씀드리겠습니다. 세면대와 싱크대 부분이 좀 과한듯합니다. 세면대는 손 씻는 용도로만 쓸 것 같아서, 싱크대로 합해하나로 하고 이 부분에 침구를 넣을 수 있는 다용도 수납장을 함께배치하면 어떨까요? 또 화장실을 이전처럼 1,000폭으로 하고 화장실문을 보이지 않게 해서 방의 바닥면적을 좀 더 확보하면 어떨까요?남동쪽 서가와 벤치를 어떻게 하면 바닥면적을 더 확보할까 하면서 아직 고민하는 부분이 서가를 남서쪽에 놓고, 여기도 코너 창을 하면 어떨까 하는 것입니다. 상담할 때 자세히 여쭤보겠습니다.

CG로 보면 홀 앞은 툇마루가 거의 보이지 않고, 탁구대 부분 툇마루가 그대로 있는 것은 다시 만져주실 거지요? 이건 나중에 여쭤볼 부분인 것 같은데, 욕조와 욕실 바닥 사이에 경계턱이 보이지 않는다고 남편이 걱정해요. 저는 폴딩도어는 방충망을 어떻게 하는지 궁금하고요.

홈통 없는 것에 대해 남편과 이제까지 생각했어요. 다른 부분은 다 괜찮은데 주차된 차에 비가 많이 올 때나 겨울에 고드름이 떨어지는 게 걱정됩니다. 전에 말씀하신 주차장 공작물이 해결책이 될까요? 그리고 집 주위에는 둥근 자갈이나 인조잔디를 깔면 외벽이 보호되겠지요?

작은 집에 요구 사항이 너무 많아서 송구합니다. 여주 집에 이렇듯 마음을 써주시니 그저 고맙습니다. 소장님께 맡깁니다.

(추신) 소장님! 지난 3월부터 제가 계속 기력이 떨어지고 있어서 집에 대해 피드백을 드리지 못했어요. 지금은 완전히 방전된 듯

한 느낌이에요. 이런 가운데도 여주 집 그림을 보면 입꼬리가 저절로 올라가고 미소가 전면에 퍼지고 가슴이 따뜻해집니다. 때때로 혼자서 신나서 춤도 춘답니다. 여주 집이 저를 밝은 빛으로 따뜻하게 인도하는 것 같습니다. 익지 않은 저의 바람과 생각을 읽어주시고 여주 집으로 구현해주셔서 고맙습니다. 여주 집에서는 '무모하게 애쓰며 살지 않아야지', 심지어 '아무것도 하지 않고 살아야지' 합니다. '산달집'에서 아무것도 하지 않고 나를 돌보며 살기로 합니다. 그래서 현재 여주 집 이름은 '무위재'로 굳히기에 들어갑니다.

그리고 이틀 후 또 메일이 왔다. 미처 말씀하지 못하신 요청을 하시려나 짐작하고 메일을 열었다.

2021.06.14

소장님, 월요일 아침 메일을 쓰지 않을 수가 없네요.(덜컹하시려나!) 수요일에 주문한 책이 금요일 저희가 여주 농막으로 떠나고 한 시간 후에 서울 집에 도착했다는 메시지를 받고, 좀 더 기다렸다가 책을 가지고 올 걸 그랬나 잠시 서운했습니다. 하지만 번아웃으로 책을 읽을 수가 없는 상태라 이내 서운함이 가셨지요. 일요일 밤에 교보문고 택배 상자를 뜯지 않을 수가 없어서 일단 뜯어 머리맡에 놓았습니다. 책으로 향하는 마음을 막지 못해 '맛만 보자' 하고 월요일 출근을 생각해서 맛만 보았습니다.

아침에 다시 책을 들고 60쪽까지 읽다가 메일을 씁니다. 사람들이 팬레터를 쓰는 이유를 알겠습니다. 환갑이 지나서 난생처음 쓰는 팬레터라고나 할까요.

블로그에서 책 제목이 '보통의 건축가'라는 것을 보았을 때도, 교보문고 책 소개에서 '보통'을 설명하는 것을 보았을 때도 인식하지 못했는데, 일요일 밤 문득 책표지를 보면서 '내가 찾던 건축가가 바로 보통의 건축가였다'라고 생각했습니다. 보통의 '보석 같은' 건축가, 제가 소장님의 블로그를 통해 알아낸 것입니다. 뜻이 있되 고매하지만은 않고, 사람 사는 세상에 발붙이고, 살피고 어루만질 줄 아는 보석 같은 뜻과 마음이 읽혀 가장 먼저 소장님을 찾아뵈었답니다. 제가 지난 3월 잠시 마음이 흔들렸다가 다시 돌아왔을 때 "저희가 사람을 좀 볼 줄 알아요" 하고 말씀드렸던 게 다시 생각나네요.
책을 아껴 가며 읽고 싶은데, 책을 잡으면 놓고 싶지 않습니다. 책을 읽을 때 아무 표식도 하지 않는 게 습관인데, 《보통의 건축가》를 읽으면서는 밑줄도 긋고 싶고 제 생각이나 마음도 적어두고 싶습니다. 그래서 메일을 씁니다.

이건 여담인데요. 미국 건축 기행 갔을 때, 건축가에게 일과 가정이 양립할 수 없다는 답을 한 게 누구였을까, 혹시 김00 교수일까 공연한 생각을 했습니다. 그렇다고 해도 상관없지만요. 김00 교수는 남편의 대학 서클 선배이고 저도 그분과 문화 운동에 관한 공부를 잠시 한 적이 있는 오랜 지인이거든요. 그 당시 "너희들 집 지으면 내가 설계해줄게" 하는 말을 다른 건축과 선배들과 했던 적이 있어서, 이번에 설계를 의뢰할 분을 생각할 때 지인으로서 후보로 꼽은 분이랍니다. 소장님을 만나 뵙고 가볍게 버린 카드지요.

이상 64쪽까지 읽고 참지 못해 보낸 감상입니다. 다음은 좀 더 생각하고 보낼게요, 밑줄과 생각과 마음을요!

내 첫 책인 《보통의 건축가》가 6월 5일에 출간되었으니 나오자마자 주문하셨나 보다. 어쩌면 첫 구매자일지 모를 그분에게 감사의 메일을 드렸다.

안녕하세요, 사모님.

어쩌시다가 방전되신 걸까요? 집 생각이 너무 깊으셨던 건지, 일이 과중하셨던 건지? 얼른 기운 차리시길 바랄게요.

팬레터라 하셨는데, 그런 건 처음 받아 보네요. 기분 아주 좋은데요. 읽으시면서 생각도 적고 싶고 밑줄도 긋고 싶다는 말씀에 더 기분 좋습니다.

이건 사모님만 아세요.
여행길에 그렇게 말씀하셨던 건축가는 이제 고인이 되신 ○○○ 건축가세요. 고인의 이름에 누가 될까 봐 이름을 밝히지 않았는데, 문맥상 보면 김○○ 교수님 아니면 ○○○ 건축가라 생각되네요. 참 모질이입니다.
먼저 메일로 주신 내용은 손보고 있습니다. 목요일에 현장에서 뵐 때 가지고 갈게요. 목요일에 뵙겠습니다.

소장님, 안녕하세요.

제 팬레터에 기분 좋으시다니 감사해요. 번아웃을 방전으로 딱 맞게 바꿔주셨어요.

집 생각에 방전되었을까요? 아니, 아니, 아니죠! 집 생각은 방전 와중에도 유일한 낙이었는걸요. 일 때문이에요. 일할 때 생각한 것은 다 하고 싶고, 또 잘해 보이려는 욕심 때문이에요. 능력치나 현실의 한계를 고려하지 않고 일하다 보니…… 일뿐만 아니라 매사에 그렇게 살아와서 이제 에너지가 바닥났어요.

어제저녁에는 거꾸로 놓인 《보통의 건축가》가 '건투를 빈다'로 보여, 뭐야? 하고 다시 보곤 픽 웃었습니다. 제가 요즘 이래요. 방전 덕분에 인생 반성 많이 하고 있답니다. 세상에 공짜가 없다는 말이 맞네요. 그런데 기운 차리는 게 급선무라 틈나면 늘어져 쉬는 게 일입니다.

여행길 대목에서 읽는 사람들이 두 사람으로 추측할 거라고 말씀하셨는데 그건 아니에요. 좋아하는 일을 하고 좋아하는 가족과 함께 삶을 누린다는 소장님의 철학에 공감했고, 어린 나이(?)에 그런 경지에 다다랐다는 것이 놀라웠고, 이제까지 그렇게 살아오신 게 부러웠어요. 그런데 마침 그 대목에 아는 이름이 나와서 그냥 막 줄을 그어본 거예요. 김○○ 교수를 안다는 이야기를 하려고 그런 것이지 문맥상 그렇게 읽히지는 않는답니다. 사실 ○○○ 건축가에 대해서는 여러 곳에서 듣고 읽어서 알고 있었는데, 거기에 그분 이름이 있는 건 소장님이 말씀하셔서야 알았어요. 절대 절대 모질이 아닙니다. 아니고 말고요.

목요일에 친구들은 오지 못한대요. 백신 맞아야 하고, 일하다 나오기 어려워서요. 저희만 갑니다. 모레 뵈어요.

'무위재'에서 아무것도 하지 않고 멍 때리는 상상을 하며 잠자야겠어요.

봄에 시작한 설계가 여름까지 이어지고 있었다. 그간 열 번 이상의 만남이 있었고 또 그만큼의 도면을 수정했다. 실시 설계가 거의 끝나갈 즈음 두 분과 함께 나들이 삼아 타일을 보러 갔다.

나는 설계 단계에서 스펙을 확정하는 몇 가지가 있다. 외부 마감 자재를 비롯해 타일이나 조명 등이 그렇다. 특히 화장실을 구성하는 타일과 위생도기, 수전, 액세서리 등은 꼭 디자인과 재질을 설계 단계에서 결정한다.

화장실이 집 전체에서 차지하는 면적은 크지 않다. 화장실은 작은 공간이지만 가족 모두가 매일같이 사용하고 때로는 집을 찾은 여러 사람에게도 쓰이는 공간이다. 여러 사람이 같이 사용하는 공용 공간이지만 사용할 때는 보통 한 사람이 단독으로 사용하기에 가장 내밀하고 사적인 공간이기도 하다. 싸고 씻는 기본적인 기능 외에 휴식과 사색의 장소가 되기도 하는 곳이 화장실이다.

이 말은 다양한 장면이 연출될 가능성을 가진 장소라는 뜻인데, 실제 우리의 추억 속 장면에는 화장실이 등장하는 경우는 거의 없다. 싸고 씻는 기능이 가장 효율적으로 발휘될 수 있는 최소의 면적으로 화장실을 구성하다 보니 집의 크기와 상관없이 비슷한 형태의 화장실(특히 아파트)이 되었고, 오래 머물기보다는 볼일을 최대한 빨리 끝내고 나가야 할 공간으로 여겨졌으니 추억이 끼어들 틈이 없었을 것이다.

화장실을 영어로 'restroom'이라고 한다. 편하게 쉬는 장소라는 의미일 것이다. 화장실의 우리말 이름은 뒷간인데, 절에서는 해우소라 하기도 했다. 그중 가장 잘 알려진 곳이 선암사의 해우소다. 정호승 시인의 〈선암사〉라는 시에서도 등장한다.

눈물이 나면 기차를 타고 선암사로 가라
선암사 해우소로 가서 실컷 울어라
해우소에 쭈그리고 앉아 울고 있으면
죽은 소나무 뿌리가 기어 다니고
목어가 푸른 하늘을 날아다닌다
풀잎들이 손수건을 꺼내 눈물을 닦아주고
새들이 가슴 속으로 날아와 총소리를 울린다
눈물이 나면 걸어서라도 선암사로 가라
선암사 해우소 앞
등 굽은 소나무에 기대어 통곡하라

선암사의 해우소는 지금으로 치자면 공중화장실인 셈인데, 남녀 구분이 있고 용변을 보는 곳은 각각 칸막이로 나뉘어 있다. 칸막이의 높이는 쪼그려 앉으면 옆의 사람이 보이지 않을 정도로 낮고 전면은 열려 있다. 쪼그려 앉으면 나무 간살 사이로 밖의 대숲이 보인다. 바람이 불면 대나무 잎들이 서로 스치는 소리가 내 울음소리를 가려주는 곳, 풀잎들이 손수건을 꺼내 눈물을 닦아주는 곳이 변소라니 얼마나 서글 프게 아름다운 장소인가.

시에 등장할 만큼 우리네 절의 뒷간은 말 그대로 근심을 풀어주는 특별한 장소였다. 하물며 옛 절도 그러한데, 지금의 화장실이 그렇지 않을 까닭이 없다. 그렇기에 집을 설계할 때는 화장실에 공을 많이 들인다. 이를 닦거나 용변을 보거나 목욕을 할 때, 어떤 동선과 배치가 편리함을 넘어 편안함을 줄지 고민한다.

화장실은 사용의 특성상 맨발, 맨손, 맨몸의 경우일 때가 많다. 시각과 촉각이 거의 동시적으로 감각되는 장소인 것이다. 그렇기에 타일은 디자인, 색감도 중요하지만, 촉감이 특히 중요하다. 그래서 이미지로 타일을 고르는 것은 좋지 않은 방법이다. 직접 타일 판매장에 가서 전시된 온장의 타일을 눈으로 확인하고 만져보고 고르는 것이 좋다.

건축주와 함께 자재를 고르는 과정을 거치면, 건축가는 건축주의 드러나지 않은 취향을 탐색해볼 수 있고 건축주에게는 건축가와 함께 디자인에 참여하고 있다는 즐거움, 안도감을 줄 수 있다. 뜨거운 여름날, 두 분과 함께 타일 전시장을 찾은 까닭은 그래서다.

2021.08.07

소장님, 휴일에 메일을 보내 유감입니다. 수요일 오후에 바로 보낼 것을 후회하며, 지금 하지 않으면 또 다음 주로 미뤄질 것 같아서요.

타일을 고르고 나니 드디어 집을 짓게 되는구나 실감이 납니다. 각 공간을 떠올리면 엔도르핀이 뿜뿜 나오는 것 같습니다. 본채 욕실을 그려보고요, 사랑방 욕실을 아이보리 베이지와 그레이 베이지 두 가지로 떠올려보고요, 다용도실 분위기를 짐작해보고, 현관 바닥이라고 생각하고 맨발로 쓱 문질러보기도 합니다.

제일 궁금한 게 2층 베란다예요. 이 경험은 처음이라 그런 것 같아요. 봄, 여름, 가을, 겨울, 아침, 한낮, 저녁으로 바닥에 앉아 앞산을 바라보면 어떨까 궁금합니다.

집안 분위기를 '따뜻하고 자연스러우면서 깔끔하게' 하고 싶다고 생각했는데, 소장님은 물론이고 키앤세라 대표님도 그렇게 생각하셨다는 게 신기했습니다. 앞으로 어떻게 전개될지 궁금하고 기대됩니다.

창호에 대한 피드백을 드리려고 하니, 몇 가지 궁금한 게 있어서 메일보다는 만나서 여쭈어보며 정리하면 좋겠다고 생각합니다. 조명이나 다른 것들과 함께여도 좋고요.

다음 주 수요일까지 휴가이고 다른 날들도 미리 말씀해주시면 소장님 일정에 맞출 수 있습니다. 친구네가 와서 이만 줄입니다. 얼마 남지 않은 여름날 건강 잘 챙기시고 마음껏 누리소서.

어느 여름날, 오전 나절을 두 분과 여주 집 이야기를 하며 보냈다. 창과 조명에 관해 이야기했고, 두 분의 일상과 조우하는 모습을 상상하며 조율해나갔다. 좀처럼 표정을 드러내지 않던 남편분이 흡족해하셨고 그 모습에 고무된 사모님은 또 말이 많아지셨다.

가시는 길에 텃밭에서 모기에 뜯기며 따셨다는 당고추를 한 보따리 놓고 가셨다. 아마도 몇 시간 후면 장문의 메일이 올 것이다. 오늘의 협의에 대해 깨알같이 느낌을 풀어 놓으실 것이다. 고추 맛이 어땠냐는 이야기도 더해서.

여름이 끝나갈 무렵, 설계는 끝이 났다. 그리고 긴 기다림이 이어졌다. 토목이 문제였다. 가을에는 착공할 수 있겠거니 기대했던 두 분과 우리는 맥이 빠졌다.

가을에 착공했더라면 다음 해 봄에 입주할 수 있었을 터이고 설계부터 시공까지 딱 1년의 시간을 보냈을 것이다. 통상 집을 설계하고 시공하는 일정은 1년 정도다. 그래서 나는 집짓기를 농사에 비유하기도 한다. 봄에 씨를 뿌리듯 설계하고, 여름과 가을에 땀 흘려 농사짓듯 시공하고, 다시 봄이 오면 씨를 뿌리듯 생활이 집에 심긴다. 이런 자연스러운 흐름이 끊기니 아쉬울 수밖에.

겨울 공사를 할 수는 없어 공사 일정은 내년 봄으로 미루기로 하고 남는 시간에 시공사 선정에 공을 들이기로 했다.

무위재의 장면들 ; 별채

지붕과 땅을 때리는 소리에 눈을 떴다. 잠깐 잠이 든 모양이다. 초대한 적 없는 햇볕이 방 한가운데를 차지하고 있어 상을 옆으로 옮기고 햇볕과 상을 마주하고 앉아 책을 읽고 있었는데, 햇볕이 건네는 나른함에 언제 잠이 들었는지 모르게 방바닥에 누워 잠이 들었나 보다.

방에 있던 햇볕은 돌아가고 어둑서니가 저 구석에 앉아 있다.

일어나 앉아 탁상시계를 본다. 오후 4시, 아직 어둠이 올 때는 아닌데? 마당을 내다보니 마당에 깔린 콩자갈에 물이 튀어 자글자글 끓는다. 소나기다.

안마당으로 나 있는 슬라이딩 창을 스르륵 밀고 툇마루에 나와 앉는다. 비 오는 날 툇마루에 앉아 있으면 마치 우산 아래에 있는 듯한 기분이 든다.

비와 나 사이에 적당한 거리를 만들어주는 우산처럼 툇마루 위에는 깊은 처마가 있어 팔을 앞으로 나란히 쭉 펴야 겨우 손끝에 빗물이 닿는다. 처마를 타고 떨어지는 낙수와 바닥에 떨어지는 빗소리의 엇박자가 좋다.

툇마루에 걸터앉아 드러난 발목 위로 간간이 튀는 빗방울이 비의 맥박 같아서 온 신경을 발목에 집중한다. 어느새 비가 잦아든다. 발목을 세게 때리던 맥도 잡히지 않을 때 즈음 하늘은 다시 밝아지고, 아니 붉어진다.

처마에서 떨어지는 빗방울을 하나둘 세고 있는데 안채와 별채로 둘러싸인 안마당에 불이 켜진다. 거실에서 홀로 TV를 보던 남편이 출출하다고 보내는 신호다.

별채의 창문을 밀어 닫고 안마당 가운데로 나와 허리운동 삼아 하늘을 올려다본다. 아직 뿌연 것이 별과 달은 보이지 않는다. 안마당의 모양대로 사각형으로 잘린 하늘이 집을 덮고 있는 이불 같다.
'조금만 더 있으면 이불이 비단처럼 반짝이겠지.'
안채의 거실 문을 막 여는데, 남편과 딱 맞닥뜨렸다. 아마도 신호를 보내도 기척이 없는 나를 부르러 마당에 나서는 참이었을 것이다. 나는 그새를 참지 못하느냐고 타박하며, 주방에서 이리저리 바쁘게 움직인다.

배춧잎을 씻고 밀가루를 개어 남편이 좋아하는 배추전을 해야겠다. 남편은 식탁에 앉아 신난 듯 내게 이야기를 건다.

주말에 올 아들과 딸 내외가 이번에는 어디에서 잘까? 큰애가 저번에 다락방에서 잤으니 아마 이번에는 별채에서 잔다고 할지도 몰라. 아니 작은애가 별채에 화장실과 주방이 딸려 있어서 좋다고 했으니 오빠에게 양보하지 않을 수도 있겠네.

무위재의 별채 그리고 툇마루(사진: 최진보)

무위재의 장면들 ; 여분의 공간

주말 아침, 벌써 날이 뜨겁다.

아내는 안방과 이어진 대청마루의 폴딩도어를 모두 열어 놓고 맞은편 창도 활짝 열어 놓았다. 뒷마당에서 시원한 바람 한 줄기가 들어와 내 몸을 스치고 대청마루를 지나 안마당에서 아지랑이로 피어올랐다.

아침에 맞창이 있는 대청에 앉아 신문을 보는 것으로 일과를 시작했다. 하지만 오늘은 느긋하게 앉아 신문을 볼 수 없다. 급히 처리해야 할 일이 있었다. 조금 있으면 손주들이 할아버지, 할머니를 부르며 마당 안으로 뛰어 들어올 것이기에 그전에 얼른 물을 받아 놓아야 한다.

안채와 별채 사이에는 방보다 조금 큰 야외 공간이 있다. 지붕이 있어 햇빛이 바로 들지는 않지만, 안마당과 밖을 잇는 바람길이 되어 여름이면 가장 시원한 장소였다. 손주들은 이곳에서 튜브로 된 간이 수영장에 물을 받고 온종일 물놀이를 했다.

아침에 물을 미리 받아 놓아야 오후에 차갑지 않게 데워질 것이기에 지금 물을 받아놓으려는 것이다.

원래 이 장소는 옆집에 사는 친구 부부와 탁구를 하려고 만든 공간이었다. 그런데 시골에 살며 해야 할 일이 너무 많았다. 꽃도 심고 나무도 심어야 했고 집에서 먹을 푸성귀도 가꿔야 했다. 아내는 별채에서 많은 시간을 보냈고, 나는 천정 높은 거실에 앉아 TV를 보다가 하늘을 보다가 하는 시간이 길어지니 정작 탁구를 할 시간이 없었다. 옆집 부부와 만나 집 이야기, 텃밭 이야기만 해도 시간 가는 줄 몰랐다.

탁구대를 놓지 않고 비워두길 잘 했다고 생각하며 튜브에 바람을 넣고 물을 채웠다.

아내가 아침 먹으라며 부르는 소리가 메아리처럼 들려왔다. 한 시간은 물을 받아야 하니 얼른 일어나 그 부름에 답을 한다. 집이 작으니 안과 밖에서 부르고 답하는 데 불편함이 없다. 그렇기에 '구시렁대는 소리도 조심해야 해.' 속으로 되뇐다.

안채와 별채 사이, 여분의 공간(사진: 최진보)

무위재의 장면들 ; 안마당

밤이 되어도 낮의 열기는 그대로다. 여름에 시원하게 살려고 대청마루에 폴딩도어까지 설치했는데, 한여름에 꽁꽁 문을 닫고 사는 아이러니라니. 한낮에는 에어컨을 켜지 않고는 도저히 못 견디겠으니 어쩔 수 없지만, 밤이 되어도 문을 열지 못하는 것은 식혀 놓은 공기가 도망가는 것이 아까워서다.

저녁을 먹고 TV로 뉴스를 본다. 에어컨의 서늘함 때문에 윗옷을 걸치고 식탁에 앉아 있던 아내가 나를 졸랐다.

"마당에 나갑시다. 답답하지 않아요?"

나는 시원한 TV 앞이 좋건만 아내가 저렇게까지 하니, 느릿느릿 몸을 일으키며 "뭐 하려고?" 묻는 듯 아내를 쳐다본다.

"마당에 돗자리 펴고 수박이나 먹읍시다."

그 말이 돗자리를 깔고 모깃불을 지피라는 지시임을 단박에 알아차리고 파자마 차림 그대로 마당으로 나선다.

돗자리를 대청마루 앞쪽에 깔고 그 옆에는 화로를 가져다 놓는다. 봄에 따다 말려 놓은 쑥대를 놓고 불을 지피니 허연 연기가 마당에 퍼지다가 하늘로 오른다.

'참 봉화 같네.'

마당에 돗자리를 펴니, 마당이 아늑해진다. 하늘의 별들만 내려다볼 뿐 누가 볼 사람도 없으니 오롯이 부부의 공간이다. 불이 켜진 밤의 안마당은 독백을 위한 무대 같아서 아내의 조잘대는 소리에 귀를 기울인다. 아내는 그런 내가 좋은 듯 더 말이 많아지고.

수박을 먹으며 수박씨 뱉기 시합을 하다가, 또 웃다가, 그러다 하늘을 보니 별이 총총하다. 사각의 하늘에는 별도 참 많다. 내친김에 아내와 팔베개를 하고 누워 본격적으로 별을 바라본다.

"집이 참 크네요."

아내의 말에 내가 화답한다.

"세상을 다 담고 있으니."

영성이 충만한 밤이다.

밤의 안마당(사진: 최진보)

무위재의 장면들 ; 베란다

오빠에게 별채를 양보하길 잘했다는 생각이 드는 저녁이었다.

오늘 밤은 달빛이 너무 좋았다. 다락과 연결된 베란다에 나와 앉았는데, 지붕 형태가 이어진 얇은 프레임 안으로 달이 들어와 있다.

"저 쇠로 된 얇은 막대를 굳이 왜 걸었대?"

엄마에게 물었더니 밤에 보면 안다고 했던 대답이 이제 이해가 간다.

안마당이 조명을 받아 환했다. 바닥에 깔린 돌이 반짝거려 안마당은 더 밝아 보였다. 그래서일까, 집은 적막하고 어두운 바다에 떠 있는 섬 같다는 생각이 들었다. 외롭다거나 무서운 느낌은 아니었다. 오히려 달콤한 고독의 느낌이었다.

나와 상관없는 도시의 번잡한 밤은 내가 소외된 외로운 밤이었고, 날카로운 소음이 예고 없이 찾아드는 무례한 밤이었는데, 이곳의 밤은 편안하고 안온했다.

문득 안마당이 집을 지키는 파수꾼 같다는 생각이 들었다.
애들을 막 재운 남편이 맥주를 들고 나왔다.
"그렇지. 이렇게 멋진 달을 보며 맥주 한잔하지 않을 수 없지."
달과 술이 있는 밤, 낭만적인 밤이었다.

다락 옆의 베란다(사진: 최진보)

무위재의 장면들 ; 대청마루

나는 거실의 소파가 영 불편하다. 그렇다고 남편이 앉아 있는 소파 밑에 앉기는 싫다. 그래서 남편과 거실에 같이 있을 때 내 자리는 늘 식탁 의자다. 좋아서 앉은 것이 아니라 거실에 앉을 곳이 없었다. 커다란 TV가 소파 반대편에 떡 하니 있으니 거실 바닥에 앉으면 TV를 가리기 때문이다.

나는 바닥에 앉는 걸 좋아한다. 그래서 내 별채에는 앉은뱅이책상만 덩그러니 있다. 방바닥에 앉았다가 졸리면 눕는다. 그러다 잠이 깨면 다시 앉아 책을 읽는다.

내가 별채만큼 좋아하는 곳이 하나 더 있다. 침실과 주방 사이에 있는 대청마루다. 대청마루의 폴딩도어를 열어젖히면 한옥의 마루에 나와 앉은 기분이 든다. 남향이지만 처마가 있어서 햇빛은 딱 폴딩도어가 있는 곳까지만 들어온다. 그래서 덥지 않다. 뒤편의 창을 열면 맞바람이 불어서 시원하다.

별채가 좋은 것은 오롯이 내게 집중할 수 있는 장소이기 때문이고, 대청마루가 좋은 것은 자연과 대화할 수 있어서다. 대청마루에 앉아 안마당 쪽을 바라보면 거실 TV와는 상대도 안 될 만큼 커다란 TV를 보는 것 같다. 그 TV는 아주 느린 속도로 자연의 다큐멘터리를 보여준다.

며칠 전에 대청마루의 쓸모를 하나 더 발견했다. 아랫집 친구가 놀러 왔는데, 영 심심한 김에 마주앉아 화투를 쳤다. 그때 깨달았다.

'대청마루는 혼자 있는 것보다 이렇게 마주앉아 뭔가를 할 때가 더 좋구나.'

마주앉아 화투를 치든 바둑을 두든 그것에 몰입하다가 슬쩍 고개를 돌려보는 자연은 더 맛이 좋았다.

남편이 좋아하는 대추차를 준비했다.

'오늘은 남편과 대청마루에 마주앉아 차를 마셔야지.'

대청마루 (사진: 최진보)

봄에 시작한 집짓기

설계를 시작한 지 1년 만에 공사를 시작할 수 있었다. 보통의 경우 설계부터 시공까지 1년 안에 끝날 수 있는 집짓기가 늦어진 것은 토목이 정리되지 않아서다.

시공사는 목조건축 전문회사인 KSPNC를 선정했다. 설계가 끝나고 착공까지 시간적인 여유가 있어서 시공사 선정에 공을 들였다. 내역을 꼼꼼히 검토하고 스펙도 조정해가면서 건축주의 예산 안에서 공사가 끝날 수 있도록 공사 금액을 조정했다.

시공 계약을 끝내고 착공을 앞둔 시점에서 작은 문제가 있었다. 이제 막 퇴직하신 사모님은 오랜 사회생활을 정리하는 차원에서 한 달 남짓 여행을 떠나기로 하셨다. 문제라기보다는 축하할 일이었으나 조금은 염려되었다. 집에 관한 크고 작은 결정을 주도하셨던 분이셨으니까.

그분은 천하태평이셨다. 가장 신뢰하는 남편을 이곳에 남겨 두고 가니 걱정이 없으셨다. 그런데 홀로 남으신 분은 걱정하는 기색이 역력했다. 처음으로 집을 지어보는데, 아내의 부재가 큰 부담이었나 보다. 걱정하지 마시라, 제가 잘 챙기겠다, 한참을 달래 드렸다.

2022년 3월 21일, 어르신과 함께 집이 앉을 자리를 확인하러 갔다. 거실 자리에 서 보니, 친구가 사는 앞집을 비켜 산자락이 잘 담겼다. 사모님은 앞집 친구와 서로의 집이 앉혀질 자리와 형태를 진작부터 논의했다. 여생을 함께할 친구와는 더 깊은 신뢰와 우정이 쌓였을 것이다. 자연스러운 동네 풍경을 만드는 첫 단추를 잘 끼운 것이다. 이런 것이 나이 들어 현명해지는 좋은 사례가 아닌가 싶었다.

사모님은 보내드린 사진을 보시고 짠한 마음이었나 보다. 먼
곳에서 메일을 보내오셨다.

2022.03.22

소장님.

밴드에서 기초공사를 시작한다는 이야기를 들으며, 함께 있으면 더
즐거울 텐데 생각했습니다.

'정말 하는구나'와 '이제 도시로 못 돌아가는 거야?' 사이를 왔다 갔
다 하기도 했습니다.

그리고 오늘 소장님 이하 아는 사람들이 마당에 있는 것, 도면처럼 땅
에 그려 놓은 것을 보았습니다. 기초공사를 시작한 것도요. 신기해요.

그리고 혼자 있는 남편한테 미안한 마음이 일었어요. 젊은 사람들 사
이에서 혼자 허리가 굽었더라고요. 사진으로만 보니 어릴 때 땅에 그
린 놀이(오징어놀이)가 생각나기도 했어요. 이 과정을 함께 했으면

더 즐거웠을 거라는 생각을 또 했지요.

과정을 일로만 생각했는데 그것만은 아니네요. 창호 색상 실키 베이지 좋습니다. 툇마루는 콘크리트 위에 나무인가요? 콘크리트 빼고 나무인가요? 아마 후자인 듯싶은데요.

메일의 말미에 알루미늄 시스템창호의 색상을 언급하셨다. 내가 창호 색상을 제안 드리고 사모님께서 그 색상을 확인해 주시는 내용이다.

철근콘크리트 구조인 경우, 창호 발주의 시점은 보통 골조공사가 완료되었을 때다. 콘크리트 공사의 시공 오차는 늘 있기 마련이라 골조공사가 끝나고 개구부의 크기를 실측한 후 제작에 들어가기 때문이다.

하지만 목조주택의 경우 창호 발주는 기초 작업을 할 때 즈음에 한다. 목구조의 경우, 치수의 정합성이 크기도 하거니와 골조공사의 기간이 짧아 공정이 끊이지 않고 원활히 진행되기 위해서는 창호 발주를 서둘러야 하기 때문이다. 그래서 사모님께 창호 색상을 부랴부랴 확인했던 것이다. 사모님께서 메일을 보내셨던 3월 22일 기초를 쳤다.

앉혀진 기초를 볼 때면 머릿속에서는 상상의 집짓기가 시작되고 순식간에 완성된 집의 모습이 떠오른다. 그렇기에 벽체가 세워지기 전의 콘크리트 맨바닥이 나는 참 좋다.

내가 상상했던 장면과 머릿속 집의 모습이 겹치고 위화감이 없으면 그 집은 대부분 끝이 좋았다. '무위재'도 그랬다.

집의 바닥이 궁금하실 사모님에게 메일을 보냈다.

안녕하세요.

월요일 아침부터 골조공사가 시작된다고 해서 현장에 다녀왔습니다.

길 건너편 포클레인 하신다는 이상한 이웃이 아침부터 난리시더군요. 참 피곤한 이웃이 되겠다 싶습니다.

이곳이 물이 좀 많은 동네인 것 같아요. 주말에 비가 내리긴 했지만, 아직도 많이 젖어 있고 습하고 그렇습니다.

기초는 잘 앉혀졌고 높이 계획도 도면대로 시공되었습니다.

이제 기초 위에 목구조를 얹힐 토대작업을 시작할 거고요. 그 작업을 위해 기초 바닥에 먹을 놓고 있습니다.

목재와 기초가 만나는 부위가 평평해야 하는데, 기초의 우둘투둘한 부분도 잘 갈아내고 있습니다.

궁금해하시는 툇마루는 콘크리트가 아닌 목으로 시공될 예정입니다.

이번 주 정도면 뼈대가 설 것 같습니다. 목구조는 이때가 제일 예쁜데, 직접 보지 못하셔서 아쉽네요. 또 연락드리겠습니다.

목구조의 장점은 역시 속도다. 단층이어서 일주일 만에 뼈대가 다 섰다.

뼈대를 형성하는 스터드의 규격은 투바이식스(2×6)다. 보통 경량목구조를 투바이포 공법이라고 지칭하기도 하지만, 그것은 초기 목조주택에 적용했던 스터드 규격이고 요즘은 투바이식스 이상을 적용한다. 보통 경량목구조는 스터드 사이에 단열재를 충진하는데, 투바이포(38×89㎜)는 두께가 얇아 단열 기준을 맞추기가 어렵다. 현재 중부2지역 단열재의 두께 기준은 135㎜로 2×6(38×140㎜)을 적용하면, 스터드 두께만큼 맞춤하게 단열재 설치가 가능하기에 2×6을 표준적으로 사용하고 있다.

목재가 가볍기도 하거니와 재단이 쉬워 전문적인 목수가 붙어 벽체를 세우면 아침과 저녁이 확연히 다를 정도로 진도가 빠르다. 그렇기 때문에 골조가 세워지는 기간에는 특히 신경을 많이 써야 한다. 자주 확인하면 할수록 수정이 줄어들고 오류를 바로잡을 수 있다. 사람이 하는 일이니 어찌 실수가 없을까. 때로는 도면을 잘못 이해해서 본의 아니게 설계자의 의도와 다른 결과를 만들어내기도 한다.

시공사에 호기롭게 재시공(데나우시)을 관철하고 그것을 무용담처럼 이야기하는 건축가들을 가끔 본다. 실수가 있으면 바로잡는 것은 당연하지만 그렇다고 자랑스럽게 떠들 일은 아니다. 장사꾼은 손해 보는 장사는 하지 않는다. 시공사가 장사꾼은 아니지만 일의 손해에 대해서는 민감할 수밖에 없다. 시공사의 실수가 중요한 문제를 만들어낸다면 여지없이 바로잡아야 하겠지만 그렇지 않은 경우 나는 건축주, 시공사와 협의하고 방법을 찾는다.

무리한 재시공은 시공자의 감정을 건드리기도 하고 손해 본

것을 다른 공정에서 만회하려는 마음을 먹게 할 수도 있다. 이렇게 되면 결국 손해는 건축주에게 돌아간다. 시공사 편을 들겠다는 것이 아니다. 시공사가 호의를 가지고 끝까지 잘 지어나갈 수 있는 분위기를 만드는 것 또한 좋은 집짓기를 위해 필요한 것이니 건축가나 건축주가 함께 애써야 한다는 뜻이다.

외벽과 지붕에 구조 합판이 설치되기까지 열흘 동안 우리는 하루에도 10통 이상의 전화와 뻔질나게 현장 방문이 이어졌다. 현장의 실수를 줄이고 재시공을 피하기 위해.

4월 중순이 되니 완성된 골조에 투습방수지가 붙고 창호 설치도 끝났다. 목조주택에서 창호 설치 시 기밀테이프 시공은 정말 중요한데, 우레탄폼을 충진하는 정도로 끝내서는 안 되고, 꼭 기밀테이프를 안과 밖에 설치해야 한다.

창호는 집에서 단열과 기밀이 가장 취약한 외피다. 구조체와 창호 간의 기밀 시공이 되지 않으면 결로나 곰팡이 등의 문제가 발생한다. 창호의 내측은 기밀방습을 위한 기밀테이프를, 창호의 외측에는 투습방수를 위한 기밀테이프를 시공한다. 그래야만 내부의 열이 밖으로 새는 것을 차단해주고 동시에 결로 발생을 억제할 수 있다.

투습방수지를 시공한 외벽과 지붕

창호 내측에 설치한 기밀테이프

한 달이 지난 5월 중순이 되니 외벽과 지붕의 마감재 설치가 얼추 끝나가고 있었다.

외벽은 골이 있는 적삼목 판재로 마감했다. 외벽을 목재로 마감하는 것은 선 뜻 선택하기 쉽지 않다. 눈, 비에 바로 노출된 외벽의 경우 목재의 변형이 생기기 쉽고 유지, 관리에 어려움이 많기 때문이다. 대안으로 탄화목이나 규화목을 사용하기도 하지만 고비용이라 모든 현장에 적용하기 어려운 것이 현실이다.

탄화목은 열처리 목재라고도 하는데, 목재를 섭씨 160~230도로 가압 고온 처리하여 생산한다. 이렇게 하면 목재 내부의 함수율이 낮아지고 천연 방부처리가 되어 변형이 적고 내구성이 좋아진다. 하지만 목재를 태워 만드는 방법이라 목재의 색이 어두워지는 단점이 있다. 규화목은 보통 사용되는 외장 목재에 규화제를 발라서 만든다. 나무를 화석같이 변화시켜 보존하는 방식인데, 이 역시 변형이 거의 생기지 않고 별도의 유지관리가 필요하지 않다.

이와 같은 방식으로 변형이나 변색 없이 오래가는 나무 외장재를 선택하는 경우는 적나라하게 외부 환경과 맞닥뜨리는 경우이거나 커지는 비용을 감내할 수 있을 때다.

무위재의 처마는 초기 계획 때부터 장소의 발견을 위해 고려한 건축적 장치다. 안마당이 있는 ㄷ자 형태의 평면을 하나의 박공지붕으로 덮을 때 벽과 지붕이 이어지는 형태가 아닌 처마가 돌출되는 형태로 벽 위에 커다란 지붕이 형성되게 했다. 이를테면 몸보다 머리가 큰 가분수 같은 모양새인데, 이는 우리의 오래된 전통가옥에서 볼 수 있는 형태다.

처마는 벽에 눈, 비가 직접 닿지 않도록 적당한 거리를 만들어준다. 휘몰아치는 비바람에는 어쩔 수 없겠지만 수직으로 내리는 비와 집의 벽은 서로 만나지 않고 적당히 내외하며 거리를 두게 된다. 이렇게 처마밑은 보이지 않는 여분의 공간이 만들어지는데, 이 공간은 여러모로 쓰임이 많고 낭만적이기까지 하다.

꼬맹이 시절, 비가 오는 날에 펼친 우산을 바닥에 내려놓고 우산 아래 숨어서 놀던 때가 있었다. 특별한 놀이를 했던 기억은 없지만, 그냥 아늑해서 좋았다. 처마 밑에 있으면 그때의 기억이 떠오른다.

한참 공사 중인 무위재의 처마 아래에 멍하니 앉아 있다가

수첩을 주섬주섬 꺼내서 〈처마 있는 집〉이라는 시를 썼다.

빨랫줄 같은 비가 땅을 치고
골목 자욱하게 먼지 오르면
신주머니 쓰고 210문 작은 발 내달았다
처마 밑 제비가 기꺼이 아랫목을
내어준다 부르면
염치 없이 벽에 등을 대고 누워
가방을 이불 삼아 깜빡 졸던
비 오는 날 처마 밑은 내 방이었다

260문 신발로 내달을 땐
구불구불 골목길은 소실점에 사라지고
제비도 처마도 보이지 않았다
수백 개 눈을 가진 거인이 도시를 채우고
밤낮으로 눈을 부릅떠
누구도 가까이 오지 못하게 했기에
장대비가 몸을 때려도
신주머니 하나 없는 나는

무서워 눈을 내리깔고 달릴 뿐이다

거인들만 사는 나라 강남에
제비는 가지 못했을 것이다
처마 없는 집은 머물 수 없고
비 오는 날 누구의 방도 아니기에
210문 신발의 깊이만큼
나와 제비에게 내어준 처마가
그래서 그리운 까닭이다

처마 밑에 설치한 툇마루는 자연이 등장하는 무대 앞의 객석이다. 눈이 소리 없이 내려 마당에 소복이 쌓이는 무언의 장면과 내리는 비와 처마의 낙수가 들려주는 명료한 독백을 바로 앞에서 관람할 수 있는 자리가 툇마루다. 때로는 무대로 난입할 수 있을 만큼 가까워 손을 내밀기만 하면 바로 연극에 참여할 수 있는 상황은 모두 처마 덕분이다.

외벽 재료로 나무를 선택할 수 있었던 것도 처마 덕분이다.

옹이가 있는 일반적인 적삼목으로 외벽을 마감했다. 눈, 비가 직접 닿지 않아 할 수 있는 선택이었다.

물론 관리는 필요할 것이다. 1년에 한 번은 오일스테인을 발라줘야 한다. 오일스테인을 바르는 것은 생각보다 어렵지 않다. 재료만 구해 직접 바를 수 있다. 톰 소여가 담장의 페인트칠하기를 세상 재미있는 놀이처럼 여겼듯(물론 친구들에게 페인트칠하기를 대신하게 하기 위한 꼼수였지만) 1년에 한 번 정도는 놀이하듯 가족과 함께 만드는 추억이 될 수도 있을 것이었다.

이런 수고를 굳이 감내하시라 말씀드릴 수 있었던 것은 단층집이었기 때문이다. 사다리를 이용하거나 위험하게 어디 올라서지 않아도 처마 밑에 서서 쓱쓱 칠하면 된다. 이런 정도라면 '무위'를 외치시는 어르신께도 큰 어려움은 아니겠다 싶었다.

'시김'이라는 오래된 우리말이 있다. 시김은 사람의 손길이 닿은 곳에 시간이 더해지고 곰삭아 깊은 맛을 내는 상태를 말한다. 예를 들면 메주로 담근 간장이나 고추장 같은 것일 수도 있고 오래된 가구에서 드러나는 나무의 결이나 빛깔일 수도 있다. '무위재'가 이런 시간이 빚어낸 시김의 맛이 드러나는 집이었으면 좋겠다는 바람이 있었다.

그렇기에 시간의 흐름에 저항하거나 인위적으로 멈춘 재료는 맞지 않았다. 비용도 문제였지만 이런 까닭으로 탄화목이나 규화목을 쓰지 않았다.

두 분과 자연스럽게 나이를 먹고 연륜을 드러내는 집, 곱게 늙어 자연스러운 아름다움이 묻어나는 집이었으면 좋겠다는 마음을 먹을 수 있었던 것도 다 처마 덕분이었다. 시간이 지나고 다시 봄이 오고, 제비가 처마 밑에 집을 지으러 오면 좋겠다는 상상을 했다. 그러면 흥부 같은 어르신이 얼마나 좋아하실까.

5월 중순에 비계를 철거했다.

지붕과 외벽 마감이 완료   내부 공간도 석고보드 부착이 마무리

비계 철거는 공사 중에 건축가가 가장 기대하는 순간이다. 비
계를 철거한다는 것은 집의 외부 마감이 거의 끝났다는 것이
고 온전한 집의 모습을 처음 대면한다는 것이다. 그렇기에 어
떤 현장이든 비계를 철거한 날것의 몸을 보면 가슴이 설렌다.

비계를 철거한 후 보통의 공정은 외부 바닥을 포장하거나 조
경 공사를 진행한다. 무위재의 조경은 공사에서 제외하기로
했다. 법적으로 설치하지 않아도 되어서이기도 했지만, 보
는 즐거움보다 가꾸는 즐거움을 살며 누리시는 것이 좋을 듯
해서다. 물론 비용적인 문제도 한몫했다.

안마당에는 강자갈을 깔았다. 잔디는 처음부터 배제했다.

아무것도 하지 않으며 물 흐르듯 자연스럽게 살고 싶다는 어르신에게 잔디 관리를 맡길 수는 없었다. 그것은 잔디에도 어르신에게도 못 할 짓이었다. 그래도 자연의 마감이었으면 좋겠다고 해서 선택한 것이 강자갈이었다. 밟을 때 나는 소리가 좋았다. 밟을 때 발바닥에 전해지는 몽글한 느낌도 재미있었다.

아침에 잠에서 깬 어르신이 맨발로 나와 안마당을 산책하듯 걷는 장면을 상상했다. 발바닥에 전해지는 짜릿한 자극에 잠이 깨고 그날의 일과를 정리하는 일이 의식같이 자리 잡아도 좋겠다고 생각했다.

안마당 가운데에 나무를 심을까 고민도 했다. 그러다 아무것도 심지 않기로 했다. 여기 안마당은 바라보는 것으로 그치는 정적인 마당이 아니라 가족이 벌이는 다양한 사건이 담기고 기억되는 가족 모두의 장소이기 때문이다. 비워져 더 많은 것을 담을 수 있는 마당이 안마당이었다.

입주를 마치신 몇 달 뒤 사모님께서 보내주신 사진을 보고는 비우기를 잘했다고 생각했다. 손주들은 간이 수영장에서 물

놀이를 즐기고 있었고 어른들은 툇마루에 앉아 아이들이 노
는 모습을 즐겁게 바라보고 있었다. 사진 속 가족 모두가 행
복해 보였다. 장소의 발견이었다.

6월 중순이 되자 가구가 설치되기 시작했다. 가구가 설치된다는 것은 집짓기가 거의 끝나간다는 것이다.

설계를 진행할 때 별채에는 붙박이로 책장과 책상을 계획했다. 책장의 가운데에는 밖을 내다볼 수 있는 창도 냈다. 책상에 앉아 책을 읽다가 문득 고개를 들었을 때 앞집에 사는 친구와 눈인사를 나누고 내키면 마당에서 만나 두런두런 이야기도 나눌 수 있는 그런 창이었다.

책장을 계획했던 별채

아쉽게도 실현되지는 않았다. 별채 공간이 작아서 고정된 형태의 가구를 들이는 것에 사모님이 반대하셨다. 이곳은 사모님의 장소라 그분의 의견이 중요했다. 자식들이 자고 갈 때 혹여 너무 비좁지 않을까 걱정이 앞서 본인의 욕심을 포기하는 쪽으로 정리된 셈인데, 어미의 마음은 다 그런 것일까? 아쉽지만 이해되었다.

입주하시고 몇 달이 지난 시점에서 사모님께 별채의 쓰임에 관한 이야기를 들었다. 사모님은 작은 책장 하나와 앉은뱅이 책상 하나만 들이셨다고 했다. 앉은뱅이책상을 들인 건 아주 좋은 선택이었다고 자신을 칭찬하셨다. 네모난 창으로 햇살이 들어오면 햇빛을 피해 여기저기로 책상을 옮겨 가며 책을 읽다가 스르르 잠이 든다고 했다.

차 한 잔 책상 위에 올려놓고 사색에 잠기실 때도 있고 음악을 들으며 밖의 풍경을 하염없이 바라보고 있다가 해 질 녘에 정신이 퍼뜩 들어 깜짝 놀라기도 하신단다. 온전히 자신만의 시간을 즐기는 장소가 되었다고 기뻐하는 모습을 보니 '제대로 장소를 발견하셨구나' 싶어 절로 기뻤다. 아마도 이때가 아니었나 싶다. 두 번째 책에서는 이 이야기를 해야겠다고 생각한 것이. 그분이 이 집에 바라던 '영성이 발현'되는 장소를 스스로 찾아내고 즐기며 사는 모습이 감사했다.

무위재로 책을 쓰겠다는 결심을 잊지 않기 위해 〈장소의 발견〉이라는 시로 남기고 사모님께 보내드렸다. 어르신께서 "당신은 좋겠네" 하셨단다. 질투하시나?

빈방에 창문을 넘어 들어온
어린 햇빛이 앉아 있었다
방의 주인은 햇빛의 무례를 꾸짖는 대신
옆에 작은 탁자를 놓아 주었다
마주 앉아 차담을 나누려는 것일까
아니면 그저 햇빛을 피하고 싶은
탁자의 마음을 알아챈 것일까
햇빛이 앉아 있어도 빈방이었던 그곳은
탁자가 놓이며 빈방이 아니게 되었다
고마움에 주인은 책 몇권을 올려주고
따뜻한 차 한 잔 내주었다
탁자는 어젯밤 눌러 쓴 손편지를 기억했고

주인은 탁자 앞에 앉아

영성에 대해 생각했다

어제도 내일도 해는 손님으로 오고

기도는 오늘과 같을 것이기에

방은 비로소 장소가 되었다

여름이 깊어진 7월 중순에 여주 집 '무위재'의 공사는 끝이 났다. 두 분은 드디어 오랜 아파트 생활을 청산하고 '무위재'에 입주했다.

입주 첫날 고단한 하루를 보냈을 어르신은 이른 잠자리에 들었다고 한다. 그리고 늦은 밤 문득 깨어 마당에 나섰다가 아름다운 밤을 보시고는 사진을 찍어 내게 보내셨다. 나도 아~ 하고 감탄한 밤의 장면이었다. 하늘로 열린 지붕 사이로 반달이 걸려 있었다. 은은한 달빛이 내려앉은 무위재의 마당이 건넨 첫 환영 인사가 무척 마음에 드셨나 보다.

'옛날 옛적 할아버지와 할머니는 그렇게 무위재에서 행복하게 살았습니다'의 결말을 위한 첫발을 무사히 내딛으셨다.

무위재의 세 번째 여름

새들의 소리가 멀리서 들리고 코너창이 훤해지면 눈이 떠진다. 마당으로 나간다. 근 두 달 여행하느라 돌보지 않은 꽃밭에 펜스테몬 싹이 엄청 올라왔다. 가기 전에도 뽑고 갔는데 또 이렇게 나오다니 과연 다산의 왕이라 할 만하다. 그보다 급한 게 괭이밥이다. 벌써 씨를 물고 있다. "미안! 땅빈대도 이제 안녕" 하면서 괭이밥과 함께 뽑아낸다. 일주일 만에 정리가 되었다.

아직까지는 70평 정원은 일주일에 10시간 정도면 관리할 수 있겠다. 지난봄 숙근초 새싹이 툭툭 올라오던 신비한 느낌이 되살아나 행복해진다.

마당에서 일할 때는 모르겠더니 허기가 진다. 간단한 아침을 허겁지겁 먹고서 커피를 들고 툇마루에 앉는다. 세상 행복한 순간이다. 우리 툇마루는 중정 안에 있어서 여름에는 온종일

해를 피해 앉을 수 있고, 겨울에는 해를 따라가며 앉을 수도 있다. 이것도 재미있다.

이웃들이 마루를 보며 비 올 때 젖으니까 중정에 투명 지붕을 하라고 하고, 매번 칠을 어떻게 하느냐고 한다. 그러면 나는 겨울에 중정에 눈 내리는 걸 보는 게 얼마나 감동인데, 오일스텐 칠하는 것도 학교 다닐 때 하지 못한 붓질하는 재미가 얼마나 좋은데 하며 웃는다. 정말이지 눈 내리는 걸 보다 보면 반대로 눈이 올라가는 것 같고 내 몸도 올라갈 것 같은 때가 있다.

지금은 툇마루가 우리가 주로 발 딛는 자리와 앉는 자리, 빗물 자리에 따라 색이 조금씩 다른데, 앞으로 어떻게 변해갈지 나도 궁금하다.

탁구와 수영을 마치고 주말에 대가족이 함께 먹을 장을 보아 왔다. 할머니 밥상 시그니처인 갈비찜 거리와 제철 채소들을 잔뜩 샀다. 좋은 물건, 특히 채소를 보면 한두 가지 더 욕심을 내서 사게 된다. 여주살이 2년 만에 대책 없는 큰손에서는 벗어났다. 예전과 달리 냉장고가 꽉 차 있으면 신경이 쓰이고 할랑할랑 비어 있으면 마음이 편안하다. 다용도실이 좁아 김치 담기가 좀 불편하지만, 거기에 맞는 규모로 하니 오히려 좋은 점도 있다. 다행히 조리대가 넓어서 쭉 늘어놓고 일할 수 있다.

일하다 힘들면 잠깐 중정 전이공간으로 간다. 탁구대는 접어둔 채로 그 자리에 서 있다. 지붕 있는 골목인 이 장소가 외부에서는 가장 애용하는 공간이다. 골바람이 있어 탁구를 하기보다 놀기에 최적이다. 하루에도 몇 번씩 나와 앉아 있는 곳이고, 바비큐, 풀장 등 이벤트가 벌어지는 곳이다.

1년 전부터 밥 먹으러 오는 들고양이 '하하' 일당이 제일 좋아하는 곳이기도 하다. 작년 여름 새끼 두 마리와 함께 이 공간을 점령하고 우리가 오면 엄청 공격적으로 나와서 일주일 넘게 가드를 쳐서 지켜냈는데, 요즘 다시 공격적으로 나오고 있다. 엄마 하하는 그동안 세 번의 임신과 출산을 했다. 남은 새끼들과 이웃집 수고양이까지 밤에 이곳에서 놀면, 소리와 털 뭉치가 감당이 안 되어 밥만 주고 있는데, 동물이라도 인연이 참 어렵다.

본채에 있으면 계속 뭘 먹거나 일을 하게 되어, 30분이라도 시간이 되면 별채로 가려고 한다. 별채의 첫째 쓰임을 나의 놀이터, 그중에서 조용히 책을 읽는 곳으로 생각했다. 그것만큼 좋은 것이 음악을 마음껏 들을 수 있다는 것이다. 기분이 처질 때는 올드 팝을 듣는다. 듣다 보면 흥이 나서 춤도 춘다. 마당에서 일할 때 음악을 크게 틀어 놓고 일하면 더 즐겁다.

손주들은 별채보다 다락방을 더 좋아한다. 넓기도 하고 애들 부모도 별채에서 건너오려면 불편하니까 다락방을 먼저 선택한다.

별채는 손님들에게 인기가 아주 좋다. 첫해 겨울에는 절대 휴식이 필요한 언니가 보름 동안 쉬다가 갔다. 더 있어야 하는데 내가 힘들까 봐 갔다. 골드미스인 조카도 별채에서 자면 피로가 풀린다고 좋아하는데, 이런저런 사정 때문에 자주 오지 못해 서로 안타까워하고 있다.

저녁 먹으면 다시 마당에 나간다. 집도 마당도 잘 준비를 한다. 저녁 마당 느낌은 또 다르다. 이곳저곳 살피다 보면 달이 떠온다. 북두칠성을 찾아 아이들의 무사 안녕을 빌고 들어온다.

장마가 시작되려나 보다. 내일 아침은 빗소리를 들으며 깨겠구나 하며 자리에 든다. 나는 빗소리가 좋다. 높은 아파트에 살 때는 비가 오는 것 같기는 한데 소리는 들리지 않아서 아쉬웠다. 비로 인한 수고로움을 덮고도 남을 만큼 비 오는 소리를 좋아한다. '장마 끝나면 정원에 유박을 듬뿍 줘야지. 툇마루와 외벽에 오일스텐을 칠해야지' 하면서 잠이 든다.

2022년 7월에 이사했으니 두 번의 봄여름과 가을, 겨울을 살았고 세 번째 여름이다. 설계할 때는 나의 과거와 현재를 돌아보고 앞으로 어떻게 살지 생각하게 한 무위재. 설계부터 시공, 그 후로도 엄청 큰 사랑을 받은 집. 설계도를 보며 세상에 없는 집처럼 좋아했고, 들어와 살면서는 방송국의 출연 요청을 사양하고 집에 대한 겸손한 태도를 배우게 한 집. 그렇게도 거세던 나의 여행 욕구를 사라지게 한 집. 시골에 와서도 바쁘게 사느라 집을 자주 비우는 걸 본 이웃이 집 잘 지어 놓고 왜 밖에서 사느냐고 지청구를 듣게 하는 나의 집.

멋지면서도 편안하고, 집안 어디서나 꽃과 나무가 보이고, 툭 걸터앉아 쉴 데가 많은, 작으면서도 큰 집. 새소리, 빗소리, 바람결, 햇볕과 빛에 따라 변하는 산과 들의 색깔과 모습, 꽃밭의 귀요미들, 정원에 초대하지 않은 아이들을 살살 뽑는 느낌. 이 모든 것이 타인뿐 아니라 나 자신에게도 진실하고 따뜻한 사람이 되라고 한다. 무위재에서 나는 그렇게 살려고 한다.

도면과 사진들

건축 개요

대지 위치: 경기도 여주시 세종대왕면 왕대리 588

대지 면적: 553㎡

용도: 단독주택

건축면적: 110.46㎡

건폐율: 19.97%

연면적: 110.46㎡

용적률: 19.97%

규모: 지상 1층

구조: 일반 목구조

외부 마감: 적삼목 사이딩

창호: 3중유리 알루미늄 시스템 창호

바닥: 강마루

설계: 투닷건축사사무소 주식회사

시공사: KSPNC(장길완 대표)

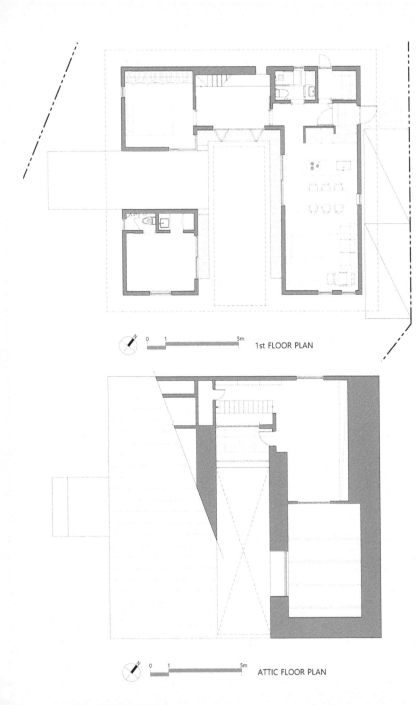

0   1   5m   1st FLOOR PLAN

0   1   5m   ATTIC FLOOR PLAN

무위재의 정면. 촬영 당시의 앞마당은 휑하지만, 지금은 온갖 꽃과 텃밭이 자리 잡았다. 한낮에는 햇빛이 안마당 깊숙이 들어오고 아침이나 오후 늦은 시간에는 그늘이 진다. 그래도 실내는 어둡지 않다. 간접 광으로 실내는 편안한 밝음을 유지한다.

집의 출입구는 길에 면한 쪽에 있다. 외벽 재료와 같은 목재를 사용해 문은 벽과 구분되지 않는다. 마당을 통해 출입이 더 빈번할 것이기에, 굳이 현관을 드러낼 필요가 없었다. 덕분에 단아하고 소박한 얼굴이 되었다. 두 분의 모습을 닮은 것 같아 개인적으로 좋아하는 입면이다.

안채와 별채 사이의 여분의 공간은 다용도로 쓰임이 많다. 비가 내릴 때 바비큐를 할 수도 있고 손주들의 물놀이 장소로도 쓰인다. 또 바람이 지나는 바람길이 되어 안마당으로 시원한 바람이 들어온다.

다락은 부족한 수납을 보완하고 주말에 오는 자녀들이 쉬어가는 장소다. 길고 낮은 창은 좌식 생활 시 눈 높이를 고려하여 계획했다. 반대편 거실 쪽에도 동일한 형태와 높이로 창이 있는데, 거실과 소통을 위한 장치다.

대청마루에는 다락으로 올라가는 계단이 있다. 사진 속 액자가 있는 벽에 기대어 책을 읽으면 좋을 것 같아 윈도우 시트를 설치하고 그 하부에는 수납공간을 마련했는데, 사모님께서 딱 맞춤한 바구니를 구해와 깔끔하게 수납장을 구성했다. 주방으로 통하는 문과 침실 문을 닫으면 독립된 공간이 되어 손님을 맞기에 맞춤하다.

다락의 계단 옆 자투리 공간에 서가를 계획했다. 두 분 모두 책 읽기를 즐기시는 터라 책장이 필요했는데 둘 곳이 여기밖에 없었다. 사모님은 살다 보니 책장의 위치가 무척 들어맞는다고 했다. 책을 뽑아 계단에 걸터 앉아 책을 읽고는 하는데, 햇살이 잘 들고 고개를 돌리면 창밖으로 풍경이 좋아 책 읽는 맛이 난다고 했다.

화장실의 욕조는 단을 낮춰 만들었다. 그리고 창 옆으로 걸 터앉을 수 있는 단을 하나 두었다. 혹시 넘어질까 걱정되어 벽에 손잡이도 달았다. 바닥과 벽타일을 통일시켰는데, 무 엇보다 재질 선택에 신중했다. 미끄럽지 않지만 너무 까칠 하지도 않은 타일을 골랐다.

안방 모서리 창 아래에는 오래된 궤짝이 자리를 잡았다. 꼭 챙겨가겠노라 말씀하셨던 가구 중 하나다. 그래서 모 서리 창의 높이를 가구보다 조금 높였다. 창의 높이를 정 하게 된 또 다른 이유가 있었는데, 침대에 누웠을 때 산을 볼 수 있는 최적의 높이였기 때문이다.

3장

기면가, 우리는 모두 인연이다

창피했던 첫 만남

2020년 말부터 몰려든 일 때문에 2021년은 정신없이 일에 치어 지낸 시기였다. 이어지는 설계 상담이 좋지만은 않았다. 6명이 감당하고 책임질 수 있는 일의 양이 있었고 잘못하면 그 양을 넘겨 탈이 날 수도 있겠다는 생각이 미치자 상담을 하며 조건을 붙일 수밖에 없었다.

3개월 정도 기다려 주셔야 일을 시작할 수 있다고 양해를 구하는 것은 하기 싫은 말이었다. 지금 당장 설계를 진행하고 싶은 사람의 얼굴에 찬물을 끼얹는 짓을 하고도 기다려주기를 기대하는 것은 너무 뻔뻔한 짓이었다. 설계 일이 때마다 주어지는 것이 아닌지라 이게 잘 하는 말일까 싶다가도 의뢰인에게 피해가 가는 것보다는 낫다 싶어 꾹 참고 먼저 말을 꺼냈다. 그때도 그랬다.

문호리에 상가주택을 짓고 싶다는 전화를 받고는 '꼭 하고 싶은 동네네' 하는 생각이 스쳤지만 "지금 당장 설계를 시작하기는 어려운 상황입니다. 그래도 집짓기에 대해 궁금한 것이 많으실 테니 사무실로 오셔서 같이 말씀 나누시죠"라고 말씀드렸다. 수화기 너머 여성분의 목소리에 이내 아쉬움이 묻어났다. 내가 더 아쉬웠다.

설계할 기회가 오지 않더라도 예비 건축주와의 상담은 진심을 다한다. 대부분의 건축가가 그리할 것이다. 보통의 의뢰인은 평생에 한 번 해볼 수 있을까 싶은 일을 앞두고 기대와 걱정이 가득한 상태이니 건축가는 진지하고 무거운 마음을 가질 수밖에 없다.

의뢰인을 상대로 건축가가 해야 할 첫 번째 역할은 디자이너로서 역량을 어필하는 것이 아닌 집짓기의 안내자가 되는 것이다. 집짓기의 모든 과정을 설명하고 각 과정의 중요한 지점을 짚어주는 것부터 시작한다. 설계 과정의 첫 단추인 어떤 설계자를 만나는 것이 좋은지부터 시작해 설계의 진행 과정을 개략적으로 설명하고, 완료된 설계를 통해 어떤 방법과 과정을 거쳐 시공사를 선정하는지, 그리고 실제 집짓기의 과정은 어떠하며, 어떤 것들을 주의 깊게 살펴야 하는지를 설명한다. 보통의 의뢰인들에게는 집짓기의 꿈 이외에는 모든 것이 안갯속이라 개략적인 안내만 해드려도 도움이 된다.

첫 상담은 의뢰인이 바라는 좋은 집짓기를 위한 조언으로 사심 없이 이야기하다 보니 어떤 의뢰인은 고개를 갸우뚱하기도 한다. 그래서 일을 하고 싶다는 건가요, 아닌 건가요 하는 표정을 볼 때가 가끔 있다.

전화를 건 여성분과 며칠 후 상담하기로 약속했다. 그리고 그날이 왔다. 그날은 공교롭게도 진행하던 프로젝트의 허가가 완료된 날이었다. 단독주택 2채를 지어 분양하려던 건축주의 프로젝트였는데, 꽤 오랜 시간 관청과 줄다리기에 지쳐가던 상황이었다. 그러다 허가를 득하니 건축주나 우리나 기쁨이 배가 되었다.

호방한 건축주는 한달음에 사무실로 와서 무작정 밥을 먹자 청했다. 건축주는 사무실 식구를 모두 데리고 양꼬치 집으로 향했다. 기시감이 몰려왔다. 낮술로 잔뜩 취해 노래방에서 미친 듯이 노래를 부르고 있겠구나. 오랜만에 낮술을 먹는다는 설렘이 약속의 기억을 지워버렸다. 양꼬치에 먹는 고량주가 달았다. 예상대로 건축주와의 식사자리는 회식자리로 바뀌었고, 한창 무르익을 즈음 머릿속을 약속이 때리고 지나갔다.

건축주에게 급한 일이 생각났다고 이야기하고 자리를 털고 일어서는데, 옆에 있던 팀장이 비틀비틀 일어나 따라왔다.

"넌 왜 따라와?"

"취하셔서 걱정되니 옆에서 챙겨 드려야죠."

나나 그나 상태가 별로였지만, 성의가 고마워 같이 사무실로 돌아와 미팅 준비를 했다.

약속 시간에 오신 분은 두 분이었다. 통화했던 여성과 그녀의 남편. 마주앉았는데 술 냄새가 났는지 여성분은 어이없는 표정이었고 남편 분은 재미있어하는 표정이었다. 이야기를 나누기에 앞서 이 상황에 대한 변명을 늘어놓았는데, 이 또한 주정처럼 느껴졌을 수도 있었겠다. 에라 모르겠다, 상담을 시작했고 이야기는 거의 한 시간 동안 이어졌다.

술기운 덕분일까 말은 많았고 횡설수설했고 목소리는 높아졌다. 그 와중에 팀장은 옆에서 졸고 있었고……. 엉망진창이었다. 어떻게 상담이 마무리되었는지 기억나지 않는다. 아니, 기억하고 싶지 않아서 지워버렸는지도 모르겠다. 아침에 눈을 뜨자마자 이불킥을 날리고 머리를 쥐어박았다. 창피해서 쥐구멍에라도 숨고 싶던 첫 미팅은 그렇게 끝이 났고 당연히 이것이 마지막이리라 생각했다.

가을은 우리처럼 설계로 밥 먹고 사는 이들에게는 성수기가 시작되는 계절이다. 공사를 시작하기 가장 좋은 때가 봄이니, 가을부터 겨울까지는 설계를 끝내야 하기 때문이다. 그날도 여느 날과 다름없이 한두 통 걸려 오는 상담전화려니 했다.

수화기에서는 반가워하는 목소리가 들렸다.

"누, 구, 시죠?"

"석 달 전의 상담을 혹 기억하시나요?"

꺼내고 싶지 않은 기억이 강제로 소환되었다.

더듬더듬 대답하니 그 여성분은 대뜸 "3개월을 기다렸으니 이제 설계하실 수 있는 거죠?" 하며 물어왔다. 창피했던 기억과 기다려준 고마움이 뒤섞여 울컥했다.

'암요, 암요. 제일 먼저 해야죠.'

다시 만난 자리에서 그분들에게 물었다.

"충분히 실망스러운 모습을 보였는데, 저에게 설계를 맡기려는 까닭은 무엇인가요?"

석 달 전 상담 내내 웃는 얼굴로 지켜만 보던 남편이 말했다.

"술 취한 모습이 오히려 인간적으로 보였어요. 상담에 진심이 담겨 있어 울림도 있었고요."

아내가 거들었다.

"저는 좀 긴가민가했어요. 그런데 남편이 조 소장님이 아니면 안 되겠다고 강하게 주장하는 바람에 남편의 의견을 따르기로 했죠. 술 좋아하는 남편은 그런 모습이 이해가 가나 봐요."

이번 일을 계기로 술을 끊기야 했겠느냐마는 의뢰인과의 자리를 앞두고는 술을 마시지 않는다. 대신 자리를 마치고 함께 마신다.

남편과는 설계를 진행하는 동안 종종 술자리를 함께했다. 공사 중에도 그랬고 입주를 끝낸 이후에도 함께 마시고 있다. 그리고 지금 그와는 형, 동생이 되었다. 물론 내가 동생이다.

부부는 서종면 문호리에 구옥이 있는 토지를 매입한 상태였다. 아내의 어머님이 이미 문호리에 살고 계셨고, 처가를 왕래하며 익숙해진 부부에게 이 동네는 매우 친숙했던 모양이다. 도시를 떠나 사는 삶이 처음인 도시 촌놈에게 문호리는 기댈 수 있는 동네였으니 당연히 이곳에서 땅을 열심히 찾았다고 했다.

처음에는 단독주택을 지을 요량으로 땅을 보고 다녔지만, 집이 은퇴 후 생활의 방편이 되면 좋겠다는 생각에 상가주택지를 골랐다.

나는 좋은 선택을 하셨다고 응원해주었다. 이미 엎질러진 물이니 어쩌겠는가. 빈말이 아니라 서울에서는 개인이 다가구주택이나 상가주택을 짓는다는 것은 매우 어려운 일이 되었다. 원래 가지고 있던 토지가 아닌 다음에야 토지를 매입하고 신축하는 비용이 너무 많이 들어 실행하기 어렵다. 수익률이 너무 낮아 대출 이자도 감당 안 되는 상황에서 어떻게 일을 도모할 수 있겠는가.

그런데 문호리처럼 서울 접근성이 좋고 자연적 환경이 받쳐주고 서울보다 지가가 많이 저렴한 곳에서는 해볼 만하다. 더구나 이 토지는 서종IC로 연결되는 391지방도로에 바로 접해 있다. 391지방도는 춘천고속도로를 타기 위한 우회도로이기도 하고 북한강변의 드라이브 코스로 통행량이 많은 도로다. 상가의 입지로는 꽤 좋은 곳인 셈이다.

상가주택은 단독주택과 다르다. 다른 점을 찾자면 많겠지만, 내가 설계할 때 중요한 목표로 설정하는 장소라는 관점에서 보면 확연히 다른 부분이 있다. 단독주택은 거주하는 가족의 장소다. 반면에 상가주택은 거주하는 가족의 장소이면서 비거주하는 사용자의 장소이기도 하다.

잘 와 닿지 않을 수 있으니 풀어서 이야기해보자. 상가주택은 다양한 구성원들이 함께 모여 있는 주택이자 상가다. 먼저, 상가와 주택을 소유하고 주택에 거주하는 가족이 있을 것이다. 이른바 건물주로 상가주택의 존재 이유가 되는 가족이다. 그렇기에 이 가족이 사는 주택에 욕망하는 것은 다른 구성원들의 욕망에 우선하게 된다.

다음으로는 주택을 임차해 거주하는 가족이 있을 것이다. 이미 완성된 집을 선택해야 하는 가족은 집에 그들의 욕망을 투영하기 어렵다. 임대를 목적으로 하는 주택이 가진 태생적 한계일 것이다. 집의 사용자가 불특정 되어 있는 것만 보면 아파트도 이 임대주택과 비슷한 처지인 셈이다. 그 집이 가족의 장소임에는 분명하겠지만, 소유와 임대라는 관점에서 보면 불완전하고 불리하며, 위계를 가지고 있다. 주인 세대와 임대 세대로 나눠진 상가주택의 한계다.

어쨌든 주택은 주인 세대이든 임대 세대이든 모두 거주하는 가족의 장소임에는 분명하다. 하지만 상가는 거주하는 사람이 없다. 물론 상가를 운영하는 사람이 있지만, 주인공은 운영자가 아닌 사용자(손님)다. 사용자의 장소인 것이다. 이곳을 방문하고 이용하는 사용자(손님)가 또 오고 싶다는 마음이 생기고 이용하며 즐거운 마음이 들었다면, 이곳은 사용자에게 장소의 의미를 지니게 된다. 그리고 이런 사용자가 많아지면 이곳은 흔히 말하는 '핫플레이스'가 된다.

'집'의 꿈은 가족이 누구에게도 방해받지 않고 안전하고 행복하게 사는 것이고, '상가'의 꿈은 더 많은 사람이 찾아주고 이용하면서 사용자가 즐거움을 느끼는 것이다. 이 두 개의 꿈이 한 건축물에서 실현되는 것이 상가주택의 꿈이고, 동상이몽 같은 두 개의 꿈을 하나로 통일해내는 것이 상가주택이 풀어야 할 숙제다. 그러기 위해서는 앞서 언급한 집주인(건물주)의 욕망을 먼저 들여다봐야 한다. 그들이 이 상가주택을 존재하게 하는 이유이기 때문에.

그들은 무엇을 욕망하는가

그들은 한 살 터울의 친구 같은 부부였다. 부부의 이야기를 듣는 내내 긴장감 없이 편안했다. 서로의 생각이 다름에도 서로를 배려하고 존중하는 태도에 나까지도 존중받는 듯했다.

남편의 직업은 홈쇼핑 카메라 감독이었다. 피사체를 대하듯 한 발 뒤에서 지긋이 관조하다가 꼭 필요한 말만 조심스럽게 꺼내 놓았다. 본인은 말주변이 없어서 그렇다고 했지만, 말을 아끼는 사람 같았다.

아내는 친언니의 약국에서 일을 같이하고 있는데, 소일거리 삼아 하는 일이고 과거에는 회사에서 인정받는 임원이었다고 남편이 자랑삼아 이야기했다. 당연히 그랬으리라 생각했다. 이야기를 주도했는데, 이성적이고 합리적이었으며, 타인의 말에 귀를 열어 놓고 경청하는 자세를 가진 분이었다.

아내의 가장 큰 걱정은 건축비였다. 당시는 코로나19가 정점이었던 시기였고 원자재 가격의 상승 등으로 건축비가 급격히 오르고 있었다. 문제는 진행형이라는 것이었다. 어느 정도까지 상승할지 예측하기 어려운 상황이었고, 투입 가능한 예산 안에서 집짓기를 끝낼 수 있을지가 아내의 가장 큰 걱정거리였다.

건축주의 예산은 건축가 입장에서 걸림돌이 되어서는 안 된다. 건축가의 창의적 욕망을 제한하는 걸림돌이라 생각해서는 좋은 건축물은 차치하고 건축물 자체를 현실에 구현하는 것 부터가 어렵게 된다.

건축주의 예산은 걸림돌이 아닌 디딤돌이 되어야 한다. 당연하다. 건너야 할 강의 폭에 맞춰 개략적인 디딤돌의 개수를 예측(설계 단계)하고, 실제 디딤돌을 배치할 때 적정한 간격으로 조정하고(견적 단계), 필요하면 한두 개의 디딤돌을 추가해서(예산 조정) 건너면 될 일이다. 물론 너른 강을 건너는데 몇 개의 디딤돌만으로 건너겠다는 비현실적인 예산은 논외로 하고 말이다.

아내 분에게 이렇게 말씀드렸다.

"지금 강의 폭을 정확히 예측하기는 어렵지만 가지고 있는 디딤돌만으로 건너보시죠. 조금 간격을 넓히면 가능할 것도 같네요. 그래도 몇 개의 디딤돌은 예비로 생각해두시고요."

남편과 아내에게 기대하는 것을 물었다. 남편은 아내가 원하는 것이 우선이라고 했다. 대신 작아도 좋으니 본인만의 공간이 꼭 있으면 좋겠다고 했다. 음악을 들으며 술 한잔하는 것을 즐기기에 본인의 공간이 그런 취미를 받아줄 수 있는 장소이기를 바랐다. 더해서 담배도 맛나게 피울 수 있는 공간이 있으면 더할 나위가 없다 했다.

아내는 상가주택이지만 마당이 있으면 좋겠다고 했다. 그 마당은 오롯이 자기한테 주어진 공간이어서, 푸른 것들도 가꾸고 본인만의 조용한 시간을 갖고 싶다고 했다. 남편만의 아지트 공간도 꼭 있으면 좋겠다고 했는데, 그래야 본인도 남편과 떨어져 있을 수 있다는 것이 이유였다. 말은 그래도 서로에 대한 배려가 일상인 부부였다.

성인이 된 아들이 하나 있었는데, 성인이 된 이후 줄곧 독립적인 생활을 하는 터라 딱히 아들을 위한 특별한 장소에 대한 요구는 없었다. 가끔 오면 쉴 수 있는 방이 있으면 좋겠다는 정도였다.

부부의 바람(욕망)은 소박했다. 그들만이 아니라 집을 짓고자 하는 건축주의 바람은 대부분 소박했다. 그간 살던 집에서 다양한 공간적 경험이 부족하고 행복감을 느낄 만한 교감이 부재했기에 욕망할 것을 욕망하지 못하는 것일 수 있다. 욕망할 대상의 존재를 알아차리지 못하면 욕망할 수 없다.

건축가의 역할이 필요한 지점이다. 건축가는 욕망할 수 있는 것들로 풍성한 밥상을 차려야 한다. 이런 반찬, 저런 반찬도 있다고 건축주에게 선보일 수 있어야 한다. 반찬에 젓가락을 대는 것은 건축주의 선택이겠지만, 적어도 맛을 볼 수 있도록 다양하게 차려내는 것에 진심이어야 한다.

예를 들어 마당이라는 재료로 만들어내는 반찬이 있다고 치자. 집 앞에 자연적인 경계로 이루어진 오픈스페이스가 있다면, 이것은 가공하지 않은 원재료의 마당이라 할 수 있다.

여기에 낮은 담장을 두른다거나 오픈스페이스의 영역을 나누면 익숙한 방법으로 조리한 반찬이 될 것이고, 마당의 위치를 집의 안쪽으로 끌어 오거나(중정) 지면이 아닌 집의 상층부(베란다)나 지하층(선큰)으로 옮기면 다른 반찬이 될 수 있을 것이다.

여기에 마당과 집의 경계 부분을 어떻게 처리할 것인가에 따라서 또 다른 반찬이 만들어질 가능성이 생긴다. 거실에서 창을 통해 마당과 직접 연결할 수도 있고, 대청마루나 툇마루를 설치해 마당과 간접적인 연결을 할 수도 있으며, 관조하는 시각적 연결만 있을 수도 있다.

마당이 갖는 장소적 의미에 따라 다양한 건축적 장치가 건축가에 의해 제안될 수 있을 것이고, 이것이 건축주를 위해 차린 밥상 위의 반찬일 것이다.

오래된 땅 위에서

원래의 땅에 건물을 세울 목적으로 손을 대면 정도의 차이가 있어도 땅은 높아지게 마련이다. 가장 큰 이유는 물과 관련 있다. 물이 높은 곳에서 낮은 곳으로 흐르는 것은 자연의 섭리다. 건물이 앉은 땅이 주변보다 높아야 낮은 곳으로 흘려보내 물이 모이지 않을 터이니 다만 얼마라도 높이게 된다. 밭농사를 지을 때 두둑으로 땅을 높인 곳에 작물을 심고 고랑에 물길을 만드는 것과 같은 이치다.

계약을 앞두고 방문한 땅은 한눈에 알아볼 수 있었다. 그 땅만 푹 꺼져 있는 형국이었다. 391번 지방도로가 깔리고 주변에 집과 건물이 들어설 때까지 이 땅만은 잠자코 있었다. 인접 대지보다 70~80㎝가량 낮았다.

땅에는 사람이 살지 않는 쓰러져 가는 주택이 한 채 있었는데, 폐가로 남은 지 꽤 오래되어 보였다. 이제 곧 없어질 집이라고 생각하니 이 집의 내력이 궁금했다.

내부를 둘러보다 천정을 보니 서까래가 걸려 있는 종도리가 눈에 들어왔다. 한옥을 지을 때, 집의 골격이 완성되는 단계가 바로 이 종도리를 올리는 때다. 가장 어려운 일을 마쳤다는 뜻에서 의식을 갖는 것이 상례로 되어 있었는데, 그것이 상량식이다.

상량식을 할 때 상량일자를 종도리에 글로 남기는데, 폐가에도 있었다. 단기 4283년 음력 3월. 서기로 환산하면 1950년이다. 이 집은 아마도 6·25전쟁이 발발하기 직전에 완성되지 않았을까 싶다. 불행일까 다행일까. 전쟁의 화마를 피해갔다는 것은 참으로 다행스러운 일이겠지만, 집을 짓고 살아보지도 못하고 피난길에 오른 집주인은 원통하지 않았을까 싶기도 하다. 아니다, 집주인은 계속 이 집을 지키다가 전쟁이 멈추고도 이 집에서 오래오래 행복하게 살았을지도 모른다. 이런저런 상상을 하며, 오래된 기둥을 쓰다듬어 주었다.

'잘 가시게. 있던 흔적도 남기지 못해 미안하네.'
새집을 위해 곧 사라져야 할 집에 미안했다.

종도리에 새긴 상량문

70년이 훌쩍 넘은 폐가

땅은 도로 높이만큼 높여야 했다. 80cm 정도 성토해야 하는데, 공사할 때 건축물의 기초를 먼저 앉히고 기초 주변으로 흙을 채워서 높이는 것이 좋겠다는 판단이 섰다. 땅을 높이는 토목공사를 선행하면 후에 건축공사가 들어갈 때 다시 흙을 파내어 기초를 형성하고 되메우기를 하는 이중 작업이 될 것이었다. 중복되는 공정이 있다는 것은 비용도 중복되어 들어간다는 것과 다름없다.

단순한 아이디어였지만 비용 측면에서 꽤 많이 절감할 수 있을 것이었다. 공사비 걱정으로 집을 지을지 말지를 고민하고 있을 부부에게 조금이라도 힘이 되어 드리고 싶었다.

축대 등 토목공사가 선행되지 않은 원지반의 토지는 건축가와 협의 후 계획에 따라 추후 건축공사에 포함해 함께 진행하는 것이 좋다. 무조건 축대를 쌓고 땅을 평평하게 만든 뒤 설계를 진행하려는 건축주들이 있는데, 좋은 방법은 아니다. 비용 측면에서도 그렇지만, 디자인 측면에서도 악수다.

집이 땅과 만나는 방식은 여러 가지가 있을 수 있다. 땅의 경사를 따라 단이 지는 형태로 앉힐 수도 있고, 땅을 높여

위에 올라설 수도 있으며, 땅 안으로 파묻힐 수도 있다. 땅과 집이 어떻게 만날 것인가는 아주 중요한 문제다. 땅과 집은 별개가 아니며, 전체를 하나의 건축으로 보아야 한다.

땅을 축대로 높이는 행위는 이를테면 아랫도리를 먼저 만드는 것과 비슷하다. 아랫도리, 윗도리가 함께 어울려 있어야 제대로 된 꼴이 나올 텐데 멋대가리 없는 아랫도리를 먼저 만들어 놓았으니 윗도리가 아무리 좋은들 전체가 조화롭기만무하다. 그래서 축대로 쌓아 평평하게 만든 전원주택 택지를 볼 때면 마음이 안타깝다. 더 좋아질 수 있는 잠재력을 묻어버린 것만 같아서.

391번 지방도는 양수리에서 서종을 거쳐 청평까지 이어지는 드라이브 코스로 유명하다. 북한강을 끼고 있어 수려한 자연환경을 즐길 수 있고, 곳곳에 문화시설과 맛집들이 위치해 서울에서 나들이 삼아 많이 이용하는 도로다.

서울양양고속도로 서종IC와 연결되어 강원도로 가거나 서울로 들어가는 우회도로의 역할을 하기도 한다. 이처럼 서울과 접근성이 좋고 초등학교와 중학교가 있어 서종 문호리는 전원주택지로도 인기 있는 동네다. 살기에도 좋고 상가의 입지로도 나쁘지 않은 위치에 이 땅이 자리한다.

다만 도로에 접한 대지의 면이 좁고 안쪽으로 깊어 집의 정면을 드러내기 쉽지 않다는 것이 아쉬움으로 남았다. 하지만 모 건축가의 책 제목처럼 '땅은 잘못 없다.' 주어진 조건을 탓하기보다는 살살 구슬리고 달래 약점이 단점으로 보이지 않으면 될 일이었다.

욕망을 취합하라

설계의 시작은 '세 가닥의 욕망을 어떻게 엮어낼 것인가'부터였다. 세 가닥의 욕망이란 상가주택의 세 주체가 각자의 입장에서 집에 기대하는 것을 말한다.

첫 가닥은 주인 세대의 욕망이다.

비록 현실적인 문제(경제적 이슈가 가장 큰 비중일 것이다)로 임대 세대와 상가가 함께 있는 집을 짓지만, 그로 인해 내 가족의 생활이 희생되는 것은 싫다는 것이 기저에 깔려 있다. 내 집을 짓는 행복한 상황에서 수동적이고 방어적인 마음이 먼저 든다면, 가족이 진짜 바라는 것들을 제대로 보지 못할 수도 있다. 실제로 이런 마음이 앞서면, 가족에게 필요한 공간 이상으로 면적을 확보해 크기로 보상받으려거나 임대 세대의 주거 환경을 희생시키는 부정적인 방향으로 전개되기도 한다.

보다 능동적이고 포괄적인 측면에서 주인 세대의 욕망을 들여다볼 필요가 있다. 단독주택이든 상가주택이든 그 집을 소유한 사람에게 집이란 땅의 영역까지를 포함한다. 땅의 물리적 경계가 있는 곳까지가 모두 내 집이다. 집이 건물에서 그치지 않고 남의 땅 경계, 도로와 접한 곳까지 확장되다 보니 마을이라는 영역 안에서 우리 집을 인식하고, 그렇기에 우리 집은 동네의 다른 집과는 구별되고 더 좋아 보였으면 하고 바라게 된다.

아파트와 비교해보자. 아파트를 소유하면, 눈에 보이지는 않지만 땅도 함께 소유한다. 위치를 특정해서 소유하는 것은 아니고 숫자상으로만 존재하는데, 그렇다 보니 내 집에 대한 인식은 내가 사는 아파트 몇 동 몇 호로 국한된다. 아파트 단지가 아무리 크더라도 내 집은 몇 동의 몇 호 하나일 뿐, 모두 남의 집이고 남의 것이다. 단지 조경이 아무리 아름답다고 해도 그것을 나만의 정원이라고 느끼는 사람은 거의 없을 것이다.

물론 도서관, 공동육아, 헬스, 커뮤니티 시설 등 혼자 가질 수 없는 여러 가지를 함께 누릴 수 있다는 것은 아파트 같은 공동주택의 장점임은 틀림없다. 그렇지만 단독주택과 비교해 내 집에 대한 인식의 차이는 분명하게 존재한다.

모두 똑같이 생긴 문 앞에 내 집이라 확인할 수 있는 것은 숫자뿐인 집에서 다른 집과 구별되는 개성을 담고 싶다는 욕망을 가지기란 쉽지 않다. 그래서 힘들고 어렵고 비용이 많이 드는 내 집짓기라는 선택을 기꺼이 하는 것이 아닌가 싶다.

내 땅 위에 구축되는 모든 것이 내 집이기에 주인 세대의 욕망은 다른 모든 욕망에 우선하겠지만, 임대 세대와 상가는 욕망을 객관화할 필요가 있다.

내가 원하는 것이 꼭 그들이 원하는 것이라 장담할 수 없다. 물론 '내 집인데 내가 원하는 대로 하면 되지, 왜 그들의 마음을 읽어야 하지?'라고 생각할 수도 있다. 하지만 상가주택 주인 세대의 욕망에는 건축 외에 또 다른 욕망이 존재한다. 바로 수익(임대료)에 대한 기대다.

주인 세대 외의 임대 세대나 상가를 추가로 짓는 이유는 임대 수익 때문이다. 함께 모여 사는 것이 좋아서 임대를 함께 계획하는 건축주는 아주 드물다. 땅의 조건이 단독주택만 구성하기는 아깝다거나 건축비용 일부를 임대보증금으로 대체하려거나 추후 부동산의 가치 상승을 통해 수익 실현을 하려는 목적이 주가 될 것이다.

임대가치를 높여 수익률을 높이려는 목적은 꼭 돈을 버는 것에 있지 않다. 임대 수익이 높아져야 건축비에 투입할 예산을 늘릴 수 있다. 즉 좀 더 좋은 집을 지을 수 있는 여력이 생기기에, 수익률을 높이는 것은 건축주뿐만 아니라 건축가에게도 필요하다.

그렇다면 나머지 욕망의 가닥도 살펴보자.

두 번째 가닥은 임대 세대의 욕망이다.

상가주택의 임대 주거에 대한 인식은 좋지 않다. 거주 환경의 질이 낮고 주차하기 힘들며 안전하지 않다는 부정적인 인식이 강하다. 그래서 같은 값이면 아파트에 거주하기를 희망하지만, 보통은 아파트의 임대가격이 더 비싸기에 할 수 없이 차선으로 선택하는 것이 상가주택이다. 이처럼 상가주택의 임대 세대는 아파트와 비교되며, 아파트의 하위 등급으로 취급받는다.

같은 값이어도 아파트가 아닌 상가주택을 선택할 수 있게 해야 임대가치는 높아진다. 어떻게 해야 그럴 수 있을까? 비교 대상을 아파트가 아닌 단독주택으로 바꾸면 가능하다.

아파트를 따라가려 애써봐야 상가주택은 아파트의 아류가 될 뿐이다. 대신 단독주택이 가진 장점을 살리면 단독주택이 될 수는 없어도 아파트가 가지지 못하는 것을 가질 수 있다. 아파트의 하위 버전이 아닌 다른 것이 되면 임대 가격은 아파트에 종속되지 않아도 된다. 어쩔 수 없이 사는 집이 아닌 살고 싶은 집이 되는 것, 이것이 임대 세대가 따라야 할 욕망이다.

그렇다면 아파트가 가지지 못하는 것은 어떤 것들이 있을까? 대표적인 것이 하늘로 열려 있는 베란다다. 아래층의 지붕을 내 집의 마당처럼 사용할 수 있게 만들어진 외부공간을 베란다라고 한다. 지붕이 없어 면적에는 들어가지 않지만 다양한 활용이 가능한 외부 공간이다. 텃밭을 만들 수도 있고, 햇빛을 맞으며 차를 마실 수도 있고, 빨래를 널어 말릴 수도 있다. 공중으로 들어 올린 마당이라고 할 수 있다. 똑같은 평면이 수직으로 적층된 아파트는 베란다가 생길 수 없다.

아파트가 절대 가질 수 없는 베란다를 과거 설계했던 상가주택에 적극적으로 활용한 예가 있다. 면목동에 지어진 '바란다'는 5층 규모의 상가주택이다. 1, 2층은 근린생활시설이며, 3층에서 5층까지는 주인 세대를 포함해 총 6가구로 구성된 다가구주택이다.

다가구주택의 모든 가구에는 베란다가 설치되었는데, 위치와 크기는 저마다 다르다. 베란다는 2.4m 높이의 솔리드한 벽과 구멍이 뚫려 있는 큐블럭으로 위요되어 있다. 이는 자연과 만나는 장소가 주변 시선의 방해 없이 오롯이 사용자를 위한 곳이 되기를 기대함이며, 오픈된 큐블럭을 통해 집의 개성을 드러내고 이웃과 만나는 소통의 구멍이 되기를 의도한 것이다.

자연과 마주할 장소를 상가주택에서 실현하기 어려운 까닭은 그것을 내어주는 것, 버리는 것으로 여기고 있기 때문이다. 이런 인식의 기저에는 경제성과 수익의 문제가 있을 텐데, 이제는 그런 측면에서라도 생각의 전환이 필요하다. 구획된 면적이 아닌 자연과 연결되어 무한히 확장되는 체적을 얻는 것, 내어주는 것이 아닌 자연을 내 생활의 범주에 들여오는 것으로 생각하면 수익으로 환산될 가치는 더 커진다.

면목동 상가주택 바란디 (사진: 전원속의내집)

아파트가 가지지 못하는 것 중 하나로 '다락'도 있다. 물론 아파트 최상층에 위치한 펜트하우스 같은 경우는 예외일 수 있다. 그러나 보통의 아파트는 층고가 제한되어 다락을 가질 수 없다.

상가주택에서도 다락은 주인 세대가 아니면 가지기 어렵기는 하다. 그래서 상가주택의 다락은 주인 세대의 전유물처럼 인식된다. 주인 세대와 임대 세대 간의 위계를 만드는 역효과를 내기도 해서 나는 임대 세대에게도 적극적으로 다락과 옥상정원을 누릴 기회를 부여하려 노력한다. 대부분의 건축주들도 내 주장에 동의하는데, 이는 임대가치를 높이는 좋은 대안이 될 수 있기 때문이다.

주인 세대를 포함해 임대 세대 모두에게 다락과 옥상정원을 제공한 사례가 있다. 향동동의 상가주택은 3층 규모다. 1층은 상가이고 2~3층은 복층으로 구성된 네쌍둥이 같은 4가구를 계획했다. 네 집 모두 2층에서 출입하며, 다락과 옥상정원을 갖는다. 이렇게 해서 4가구 모두 주인 세대의 모습을 갖추었으며, 임대인과 임차인의 위계를 지우고 동등한 거주 환경의 물리적 조건을 만족할 수 있었다.

향동동 상가주택 커튼콜의 다락과 옥상정원(사진: 최진보).

마지막으로 세 번째 가닥은 상가의 욕망이다. 상가의 꿈은 핫플레이스가 되는 것이다. 많은 이들이 그곳을 찾고 이용하고 즐길 때 상가로서의 가치가 높아진다. 서울 도심 길가에 늘어선 이른바 쪽상가들은 장소화 되기 어렵다. 목적을 두고 오는 사용자 외에는 그 상업시설의 공간을 좋아해서, 사람을 만나기 위해 찾는 사람은 드물기 때문이다.

예전 동네의 구멍가게 앞에는 으레 평상이나 테이블이 있기 마련이었다. 동네 사람들이 삼삼오오 모여 술추렴을 하거나 "이건 너한테만 해주는 얘기야" 식의 비밀이 오가는 모습을 심심치 않게 볼 수 있는, 동네 사람들이 애정하는 장소였다. 길과 상업시설이 만나는 접점에 마련된 작은 배려는 동네의 강력한 공공장소의 역할을 톡톡히 해냈다.

택지에 즐비하게 들어선 상가주택의 상가들도 도시의 쪽상가와 비슷한 양상을 보여준다. 다른 점은 상가와 길이 만나는 곳은 주차장이 차지하고 있고 상부층은 주택으로 채워져 있다는 것인데, 이런 요인이 상가가 장소화 되는 것을 더 어렵게 만들고 있다.

상가주택에서 상가는 사람으로 치면 아랫도리이고 주택은 윗도리다. 아랫도리 상가는 대개 밋밋한 유리창이 전면을 차지하고 윗도리 주택은 이중창에 난간이 설치된 전형적인 빌라의 모습을 하고 있다. 아랫도리, 윗도리가 각기 다른 사람의 몸뚱이를 합쳐 놓은 듯 어색하게 서 있는 것이 흔히 보는 상가주택의 모습이다.

트레이닝 바지에 재킷을 걸친 이상한 사람을 만나는 것이 기분 좋을 리 없다. 위아래를 하나로 통일되게 갖춰 입는 것이 찾아오는 사람을 맞는 기본자세가 아닐까. 이런 이상한 모습의 주된 책임은 아무래도 주택이 더 크다고 할 수 있다. 상가주택 대부분은 주택이 채우고 있고 상가는 1층의 일부에만 구성되는 것이 일반적이라 집의 전체 인상은 주택이 좌우하기 때문이다.

집의 인상을 만드는 데 주로 작용하는 건축 요소로 창이 있다. 거주하는 시간이 긴 주택에서 환기와 채광은 거주 환경에 미치는 바가 크다. 그래서 주택에서 창의 계획은 아주 중요하게 다루어져야 한다. 빛을 들이고 바람을 통하게 하는 기능에 외부에서 보이는 미적인 것까지 함께 고려해야 하는데, 형태나 비례가 아름답지 못한 창이 습관적으로 사용되어 집의 얼굴을 망치는 예가 부지기수다.

나는 KCC 웹진에 〈샷시는 이제 그만〉이라는 제목으로, 상가주택이나 빌라에서 많이 적용되어 왔고 현재도 사용하고 있는 이중창(샷시)에 대해 디자인 측면에서 비판하는 글을 게재한 적이 있다.

인간이 창조한 재료 중 유리만큼 신비로운 것이 또 있을까?

물이나 공기처럼 투명한 이 인공의 재료는 사실상 액체에 가깝다. 유리는 고체와 다르게 비결정질 상태의 분자구조를 가지고 있어서다. 유리가 냉각 과정에서 결정질 상태로 이행하지 않아 '과냉각 액체'라고도 불리는데, 그래서인지 '유리는 흐른다'라는 규명되지 않은 주장을 하는 이도 있다.

아직도 액체인지 고체인지 명확히 규명되지 않은 이 신비한 재료는 다양한 방식으로 다양한 세상과 연결하는 창의 역할을 해왔다. 건축물에 설치되어 태양 빛을 들이고 밖의 세상과 시각적 연결을 이루는 실체적 창부터 화면이라는 매체를 통해 가상의 세상과 연결하는 창까지.

서울이 급속하게 팽창되기 시작할 무렵 건축물에 설치되는 창은 샷시라는 이름으로 통칭하기 시작했다. 영어로 sash, 일본어로는 サッシ(삿시)라 불리던 것이 한국으로 오며 샷시라 불리게 되었다.

일반적으로 창(window)은 창틀(frame)과 창짝(sash), 유리(glass)로 구성된다. 그런데 왜 창을 window라 하지 않고 창을 구성하는 요소 중의 하나인 sash라 부르게 된 것일까? 창을 샷시라 부르게 된 유래를 찾기는 어렵다. 추측해보건대 동양과 서양의 구축 방법에 따른 창의 형태나 쓰임의 차이에서 기인하지 않았나 싶다.

서양(특히 유럽)에서는 건축물을 구축할 때 주로 돌을 사용해왔다. 건조한 기후라 땅이 단단했고 나무보다 돌을 구하기 쉬운 환경적 조건이 만든 결과였다. 돌이나 벽돌을 쌓아서 건축물을 만들다 보니 창을 넓게 내기 어려웠다. 돌은 인장력에 취약해 넓게 개구부를 낼 수 없었기 때문이다. 그래서 창의 형태는 좁고 세로로 길었으며, 환기를 위해서 오르내리창이 설치되었다. 이 오르내리창이 영어로 sash window다. 두 개의 창짝이 위, 아래로 슬라이딩되어 개폐되는 방식의 sash window를 90도 회전하면 우리가 샷시라 부르는 미닫이창의 형태가 된다.

일본이나 우리나라는 비가 많이 오고 습하다. 그렇기에 밀농사가 아닌 벼농사가 주가 되었고 습한 기후라 나무가 풍부했다. 땅이 물러 돌과 같이 무거운 재료를 쌓는 방식이 아닌

나무로 기둥을 세워 집의 뼈대를 만들고 벽은 흙으로 채우거나 채광이나 환기, 출입이 필요한 곳에 창문을 설치했다.

서양에서는 문과 창의 구분이 명확한 반면에 우리의 전통 건축에서는 창과 문의 구분이 모호했다. 그래서 우리는 창을 창이라 하지 않고 창문이라 지칭한다. 목재로 뼈대를 만드니 뼈대를 제외한 부분에 창을 넓게 설치할 수 있었고, 이는 사람이 드나드는 창의 기능에 부합했다.

창이 넓어도 우리의 전통 건축에서는 부담이 없었다. 담이라는 장치가 있었고 유리를 대신하는 창호지가 있어 사생활 보호에 큰 문제가 없었다. 문과 창의 기능을 함께하고 밖으로 나서면 툇마루나 대청마루로 이어지니 개폐 방식은 여닫이보다는 미닫이가 유리했다.

이렇듯 한국이나 일본의 창은 frame보다는 여닫는 sash의 기능이 더 중요했다. 여닫음의 방식이 미닫이이다 보니 sash window의 sash가 중요한 창의 요소가 되었고 창을 지칭하는 명칭이 sash가 된 것이 아닌지 추론한 것이 내 추측의 근거다.

전통 건축에서 근현대로 넘어오면서 유지되고 있는 건축 요소가 몇 가지 있다. 대표적인 것이 온돌이고 또 하나가 창문이다. 생활방식이나 도시의 구조가 바뀌었음에도 창문은 여전히 샷시의 형태를 벗어나지 못하고 있다. 아파트가 그렇고 다가구, 다세대주택인 빌라가 그렇다.

길이나 외부환경에 바로 노출되고 마당으로 나서지도 못하는 상태에서 여전히 미닫이창은 거실과 방의 창으로 쓰이고 있다. 그렇다 보니 난간이 설치되고 안에는 커튼이 필수가 되었다.

창은 건축물의 디자인에 있어서 중요한 요소이고 내부 인테리어적인 부분에서도 중요한 위치를 감당한다. 무조건 빛을 많이 받고 외부를 보겠다는 의지를 담아 습관적으로 설치하는 샷시는 실제 사용의 측면에서 충분히 그 기능을 발휘하지 못하고 있다.

이제는 샷시가 아닌 창을 디자인하고 설치할 때다. 빛의 다양한 질감을 이해하고, 건축물의 디자인에 큰 영향을 미치고 있음을 절실하게 깨닫고, 샷시를 벗어나 환경과 디자인에 도움이 되는 창을 설치할 때다.

샷시는 이제 그만, 난간도 이제 그만, 난간에 매단 실외기도 이제 그만. 적층된 도시 주거에서 이제는 샷시가 아닌 도시 환경에 적정한 창호를 디자인하고 구현할 때다.

상가에 관한 이야기보다 주택의 창에 대한 언급이 길어졌다. 그런데 어떻게 보면 당연하다. 상가를 방문하고 이용하는 사용자는 주택과 상가를 구분해서 인식하지 않는다. 건물 전체의 모습이 바로 상가의 이미지다. 건물 전체가 통일되고 조화로운 디자인으로 완성될 때 상가도 비로소 힘을 얻는다.

뜨거운 장소가 되고 싶은 상가의 욕망은 어떻게 실현될 수 있을까? 소문난 맛집이나 멋진 카페가 입점하면 될까? 그것은 건축이 할 수 있는 영역 밖의 문제다.

건축이 할 수 있는 것은 좋은 장소로 사용자에게 발견될 수 있도록 자세를 갖추는 것 정도다. 그 자세는 사용자가 환대받는다는 마음이 들고 이 장소에 호의를 가질 수 있도록 건축적 배려를 하는 것이다. 위에서 언급한 상가주택의 창과 디자인에 관한 것도 손님을 맞는 자세에 관한 이야기와 다름없다.

찾는 이를 환대하는 건축적 자세는 또 어떤 것이 있을까?

상가주택은 상가와 주택이 함께 있어 상가의 사용자를 대놓고 환대하기 어려운 현실적인 제약이 있다. 주택 사용자와 상가 사용자의 동선 분리, 주차장의 구성, 면적의 확보 등 법적, 건축적으로 풀어야 할 과제가 많다.

우선순위를 매겨가며 해법을 찾다 보면 상가는 길에 바짝 붙어 위치하거나 주차장을 앞에 두고 뒤로 물러서는 경우가 많다. 두 경우 모두 길과 상가가 만나는 방식이 건조하고 급작스럽다. 나를 반긴다는 의식 없이 상가와 맞닥뜨리게 된다. 길에서 상가로 들어갈 때 작은 정원을 마주한다거나 하다못해 벤치라도 있으면 좀 더 편안한 마음으로 상가의 문을 열고 들어설 것이다.

향동동 상가주택 '커튼콜'에서는 주차장을 전면에 배치하고 상가를 뒤로 물렀다. 앞뒤로 주차하는 연접 주차 방식을 건축주가 원하지 않아 주차장을 길에 면해 한 열로 배치하다 보니 상가의 위치가 뒤쪽으로 이동한 것이다.

길에서 상가까지 이어지는 필로티 하부에 길게 콘크리트 벤치를 설치했다. 벤치 하부에는 조명도 넣어서 밤에도 길을 밝힐 수 있게 했다. 어느새 콘크리트 벤치는 아침, 저녁으로 동네 사람들의 마실 터가 되었다. 영업시간에는 맛집으로 소문난 브런치 가게의 대기 공간으로 쓰였다. 그 장소는 아침부터 저녁까지 이 집에서 가장 쓰임이 많은 장소가 되었다.

피로티 1층에 설치된 콘크리트 벤치(사진: 최진보)

영종도 상가주택 달리(사진: 이명배)

영종도 상가주택 '달리'는 건폐율 50%라는 법적 제한을 가진다. 땅 크기의 절반 이하로 건축물을 계획할 수 있다는 것은 나머지 절반은 주차장을 포함해 외부공간으로 활용할 수 있다는 것이다.

그래서 집을 ㄷ자로 배치하고 가운데 공간에 마당을 만들었다. 마당 가운데에는 나무도 심었다. 그리고 구멍을 내 앞뒤의 길을 연결했다. 길이 집 안으로 파고 들어오는 것을 허락하고 오는 사람을 깊이 환대하기 위한 건축적 장치다. 마당은 좌우의 상가에서 매장의 확장된 영역으로 사용할 수 있게 비워 두었는데, 현재는 피자집과 커피집이 사이좋게 공간을 나누어 활용하고 있다.

사적 소유의 영역에서 타인을 가리지 않고 공평하게 환대하기란 쉽지 않다. 특히 내가 사는 집이 함께 있는 공간이라면 더 그렇다. 그럼에도 환대하는 자세는 꼭 필요하다. 그것이 상가주택의 격을 높이고 더불어 수익도 높일 수 있는 방편이기 때문이다.

양질전화

기연가의 땅은 계획관리지역이고 양평군 조례에 따라 건폐율 40%, 용적률 100% 이하로 제한된다. 제한된 양을 상가와 주택에 어떻게 배분하고 구성할 것인가부터 일차적으로 풀어야 할 과제였다.

주인 가구 외 임대 가구는 1가구만 계획하기로 했다. 결정적인 이유는 법정 주차대수 때문이었다. 여기서 상세히 밝히기는 어렵지만, 양평군은 조례의 자의적 해석으로 인해 다가구, 다세대 주택에 설치해야 하는 법정 주차대수가 과도했다.

양평군의 주장대로 주차대수를 산정하면, 양평군에는 현실적으로 다가구, 다세대 주택을 짓기 어렵다. 인접한 여주시는 조례의 내용이 동일함에도 다르게 해석(여주시의 해석이 맞다고 본다)하고 있어 추후 크게 문제가 될 수도 있는 사안이다. 어쨌든 그런 연유로 주인 가구와 임대 1가구, 그 외에는 상가로 채우기로 했다.

규모는 4층으로 계획했다. 4층 높이가 되어야 북한강의 조망이 가능했기 때문이다. 건축주 부부의 요구 중 북한강 조망이 큰 부분을 차지하고 있어서 4층에 주인 가구를 위치시키고 3층에는 임대 가구, 1~2층은 상가를 배치했다.

용적률 100%의 제한 하에서 4층의 규모를 만드는 것은 꽤 고민스러운 일이었다. 산술적으로 건폐율 40%의 바닥면적 4개를 적층하면 160%가 되므로 60%를 어디선가 덜어내야 했다. 내 전략은 건축면적(건폐율이 적용되는)에는 잡히지만 바닥면적(용적률에 적용되는)에 포함되지 않는 건축적 장치를 최대한 활용하는 것이었다.

그것은 베란다였다. 2층에 캔틸레버구조를 활용해 건폐율을 가득 채우는 베란다를 계획했다. 이 베란다는 상가의 확장된 영역이 되고 1층에는 깊숙한 처마를 만들어 준다. 2층의 상가에 마당이 있다는 것은 사용자를 환대하는 측면에서 의미가 크다. 1층의 처마도 그렇다. 베란다가 만들어짐으로써 1,

2층의 상가는 상보적일 수 있었다. 베란다에는 노출콘크리트 파라펫이 길게 휘어지며 대지 깊숙한 곳까지 이어지는데, 이는 빠른 속도로 움직이는 차량에 보내는 호객행위다.

2층의 상가는 복층으로 계획했다. 3층의 바닥 일부를 오픈하니 동일한 볼륨이어도 면적을 줄일 수 있었다. 4층 주인 가구는 외부에서 드러나지 않은 중정을 계획했다. 중정 외에 베란다도 여기저기 계획했다. 이 또한 바닥면적을 줄이기 위한 전략의 일환이다. 3층의 임대 가구는 바닥면적에는 포함되지만 전용면적에서는 제외되는 외부 마당을 계획했다. 주택은 전용면적으로 주차대수를 산정하는데, 외부 마당이 공용 면적에 포함되면서 주차 대수를 최소화할 수 있었다.

엘리베이터와 계단실은 4층 주인 가구와 3층 임대 가구만 사용하도록 계획했다. 1~2층의 상가는 마당에서 직접 출입하도록 했다. 2층 상가의 경우에는 마당에 출입을 위한 별도의 계단과 베란다를 설치해 1층 같은 2층이 될 수 있도록 했다. 이렇게 해서 주택과 상가는 완벽히 분리된다.

양적인 검토와 계획이 정리되었으니, 이제는 질을 높이는 것이 남았다. 각각의 장소에서 벌어질 다양한 사건의 장면을 떠올리고 공간의 분위기를 세심하게 다듬어야 할 때다. 이런 장면의 상상은 많으면 많을수록 좋다. 상상의 시간이 많을수록 현상은 좋아진다. 상상의 양질전화다.

기연가의 장면들 ; 영숙 씨의 베란다

그는 후배가 술 한잔하자 했을 때 거절한 걸 후회하고 있었다. 금요일의 퇴근길은 놀러 가는 사람들과 겹쳐 막히지 않는 곳이 없었다. 양수리의 조 소장에게 전화라도 할까 하다가 이내 마음을 접었다. 집에 도착하면 8시가 넘을 것이었다. 둘이 술 한잔하기에는 너무 늦은 시간이었다.

양수리 시장에 들러 야채곱창과 소주 두 병을 사서 집에 주차하고 보니 4층의 열 지은 창에 노란 불빛이 새어 나온다. 언뜻 보이는 조각난 내부가 따뜻한 정물화 같다는 생각이 들었다.

'아내가 퇴근했나 보네. 집에 밥 차려 놓았는데, 곱창 샀다고 혼나는 거 아니야?'

살짝 두려운 마음을 품고 집에 들어서니 아내가 보이지 않는다. "영숙아" 하고 부르니 안방에서 대답하는 소리가 들렸다. 또 베란다에 나가 있나 보다.

방 창을 열고 베란다에 나가니 아내가 매트를 깔고 요가를 하고 있었다. 아내는 집 안에 있는 것보다 베란다에 나와 있는 걸 좋아했다. 바닥이 나무라 맨발로 나와 철퍼덕 앉아 커피를 마시기도 했고 지금처럼 운동하기도 했다.

유리 난간에 바싹 붙어 북한강을 바라보며 팔다리를 늘리고 있는 아내에게 그는 검은 비닐봉지를 내밀었다. 매콤한 냄새가 새어 나왔다.

아내는 또냐는 표정으로 쳐다보더니 일어나 주방에서 개다리소반을 가져왔다. 술잔도 두 개를 챙겨온 것을 보면, 달빛 아래에서 같이 한잔하겠다는 심사인가 보다.

개다리소반을 마주하고 앉았다.

아내는 돌담에 기대고 그는 벽에 기댄 채 서로의 빈 잔을 채워가며 말없이 마셨다. 벽등의 노란 불빛 덕분에 포장마차에 온 기분이었다. 안주도 마침 그랬다.

문득 후배가 한잔하자는 청을 거절하기를 잘했다는 생각이
들었다. 달빛으로 빛나는 북한강을 바라보며 곱창에 소주 한
잔 걸치는 행복에 비교할 것이 못 되었다.

안방 옆의 베란다. 북한강과 문안산이 한눈에 들어온다.(사진: 최진보)

기연가의 장면들 ; 긴 복도

일찍 퇴근한 영숙 씨는 윈도우 시트에서 깜빡 잠이 들었다. 윈도우 시트에 등을 기대고 앉아 책을 읽다 보면, 발을 만지작거리는 따뜻한 햇볕이 기분 좋아 자기도 모르는 새 잠이 들기 일쑤였다.

눈을 떴는데, 아직 날이 밝았다.

'몇 시쯤 됐을까?'

세로로 긴 창의 햇살이 낮고 깊숙하게 줄지어 들어오고 있었다. 곧 해가 넘어갈 모양이다. 영숙 씨는 복도에 늘어선 창으로 들어오는 햇살의 방향과 길이만으로도 시간을 짐작할 수 있을 만큼 이 집에 익숙해졌다.

영숙 씨는 거실과 침실을 잇는 긴 복도가 좋았다. 정확히 말하면 복도에 줄지어 서 있는 창이 좋았다. 아니, 더 정확히 말하면 10개가 넘는(정확히 세어보지 않았다) 창으로 들어오는 햇살이 좋았다. 너무 좋아서 블라인드도 달지 않았다.

아침이면 창으로 들어온 햇살이 바닥을 비추다 벽으로 기어오르고 해가 지면 사라졌다.

사진 속의 사진 같은 복도를 걸을 때면 영숙 씨는 가급적 천천히 걸었다. 한두 발 내디딜 때마다 다른 창이 다가오니 최대한 걸음을 늦춰 달라지는 풍경을 눈에 담고 싶어서였다.

남편은 언젠가 날을 잡고 아침부터 해질 때까지 시간마다 사진을 찍어보겠다고 말한 적이 있었다. 마치 영화 〈스모크〉에서 길모퉁이 담뱃가게 주인이 매일 똑같은 시간에 거리 풍경을 담듯 말이다. 영숙 씨는 매시간 찍은 12장의 사진을 창과 창 사이에 걸어 놓아도 좋겠다고 생각했다.

처음 이 집의 도면을 보고 영숙 씨는 '가뜩이나 집이 작은데 복도만 너무 긴 거 아니야?'라고 생각했다. 그런데 남편이 꼭 이렇게 하자고 고집을 부렸다. 그때 고집을 꺾지 않은 걸 다행이라 생각했다. 영숙 씨는 어느새 이 집에서 긴 복도를 가장 사랑하게 되었기 때문이다.

집이 점점 단풍 들 듯이 붉게 물들고 있었다. 이제 곧 해가 질 모양이었다. 영숙 씨는 윈도우 시트에서 일어나 복도의 창을 모두 활짝 열었다. 저녁으로 고등어를 구울 생각이었다.

복도로 시원한 바람이 불었다. 주방으로 가는 길이 산책길 같다고 영숙 씨는 생각했다.

안방과 거실을 잇는 긴 복도(사진: 최진보)

기연가의 장면들 ; 주 감독의 다락

그가 집에 들어온 건 밤 12가 훌쩍 넘어서였다. 저녁 촬영이 있는 날이면 항상 이 시간이다. 피곤하지만 내일 하루를 온전히 집에서 쉴 수 있어서 늦은 퇴근이 싫지만은 않았다.

집에 들어서니 영숙 씨와 아들은 이미 잠자리에 들었는지 불빛 하나 없다. 그래도 복도에 비치는 푸르스름한 달빛이 있어 완벽한 어둠은 아니었다.

조심조심 드레스룸에 들어가 옷을 갈아입었다. 드레스룸을 복도에 두기 잘했다는 생각이 들었다. 영숙 씨가 잠잠한 것을 보니 잠이 깨지 않은 모양이었다. 그는 다락으로 올라가 불을 켰다. 어둠 속에서 다락만이 따뜻한 불빛에 감싸였다.

늦은 밤, 어둠의 집에 빛의 섬으로 동동 떠 있는 다락이 좋았다. TV 켜는 것을 잠시 미루고 음악을 낮은 볼륨으로 틀어 놓은 채 맥주 한 캔을 마셨다. 그에게 하루 중 가장 행복감이 고조되는 시간이었다.

다락의 낮은 쪽 창에 시선을 두다가 문득 저 창 아래에 앉은
뱅이책상이라도 가져다 놓아야겠다고 생각했다. 카메라를
잡느라 그간 쓰지 못했던 글이 앉은뱅이책상 앞이라면 써질
것도 같아서였다.

얼마 전 양수리 조 소장과 소주를 마시며, 조 소장이 시를
쓰는 것을 응원해준 그는 젊은 시절 평론에 몰두하던 자신을
떠올렸다. 은퇴 후 기연가와 함께 늙어갈 때 평론을 다시 하
면 좋을 듯싶었다.

맥주를 한 캔 해서일까. 담배가 피우고 싶어진 그는 다락을
내려와 중정으로 나갔다.

중정에 나설 때마다 내 집이 아닌 동네 어디 즈음에 서 있는
듯한 느낌을 받곤 한다. 자연석의 벽이 예전에 본 달동네의
석축 같았다. 중정 사이의 통로는 동네의 골목 같았고.

그래서 이곳에서 담배를 피울 때면 첫사랑의 집 앞에서 그녀

를 기다리며 초조함을 달래는 담배 한 모금이 떠오르고 잔뜩 취한 채 친구와 담벼락에 기대어 피우던 담배가 생각났다.

담배에 불을 붙이고 하늘을 보니 별이 총총했다. 낭만적이었다.

다락의 낮은 쪽 벽에는 긴 창이 있다.(사진: 최진보)

거실에서 바라본 중정(사진: 최진보)

중정과 이어진 골목길

기연가의 장면들 ; 임대 세대

아침부터 남편은 아들과 캐치볼을 하러 나갔다. 집 앞마당에 있는 리트리버 마룬이는 주말 아침 산책을 눈이 빠지게 기다리고 있을 텐데 남편은 아들이 우선이었다. 아들 챙기는 아빠에게 뭐라 할 수도 없고, 결국 마룬이와 산책은 또 내 몫이 되었다.

마룬이가 대형견이라 집을 구할 때 걱정이 많았는데, 이 집은 3층인데도 집 앞에 널찍한 마당이 있었다. 외부는 외부인데, 천정이 있어 비를 맞지 않았다. 이건 딱 마룬이를 위한 마당이었다. 목줄을 하지 않고 풀어 놓을 수 있어 좋았다.

산책하고 왔는데도 남편과 아들은 아직 돌아오지 않는다. 시골로 이사 온 후부터 아들과 남편은 틈만 나면 밖에 나가 놀았다. 캐치볼도 하고, 자전거도 타고, 날이 더울 때는 북한강에 나가 수상스키도 탔다. 그들이 돌아오면 당장 배가 고프다고 난리 칠 게 뻔했다.

주방에 들어가 점심 준비를 서둘렀다. 주방에 서면 눈이 시원했다. 싱크대 때문에 창의 위치가 높은 대신 창이 길어 멀리 폿대봉과 하늘을 보는 맛이 있었다. 지금까지 두 계절을 보냈는데, 가장 기다려지는 것은 겨울이다. 눈이 내린 겨울 산의 풍경은 얼마나 멋질지.

타일 벽을 앞에 두고 음식을 만들던 때가 엊그제인데, 이제는 답답해서 그렇게는 못 할 듯싶다. 사람 마음이 참 간사하다.

창밖으로 남편과 아들이 걸어오는 것이 보였다. 아마도 서종중학교 운동장에서 놀다 오는 모양이다.

저녁에 위층에 사는 주인댁 부부를 초대했다. 진즉에 해야 했는데, 시골에 사니 주말이 더 바빴다. 마당에 만들어 놓은 플랜트박스에 모종도 심어야 했고, 동네를 여기저기 탐험하느라 주말이 어떻게 가는지 몰랐다. 캠핑 좋아하던 남편도 이곳에 온 이후로는 장비를 꺼내지도 않았다.
윗집 부부는 집 안은 부담스러웠는지 마당 평상에서 먹자고 했다. 곧 있으면 해가 질 텐데도 아직 낮의 열기가 남아 있어 불을 피우니 더웠다. 소나기가 내렸으면 더 운치가 있었을 텐데 아쉬웠다.

남편이 불을 피우는 동안 나는 플랜트박스에 심어 놓은 상추와 고추를 뜯었다. 윗집에서는 술을 잔뜩 들고 왔다. 고기를 굽고 술을 마시고 밤늦도록 이야기가 이어졌다.

윗집 아주머니가 이 집에 대한 사연을 들려주었다. 원래는 당신 어머니를 이곳에 모시고 함께 살려고 했단다. 그래서 이렇게 마당을 만들고 평상도 둔 것인데, 오시지 않겠다고 고집부려 결국은 세를 줄 수밖에 없었단다. 그래도 이렇게 마당을 잘 써주는 사람이 와서 다행이라고 말해주니 고마웠다.

나도 윗집 아주머니에게 고백처럼 이야기했다.

"전 도시를 떠나 산다는 것이 솔직히 두려웠어요. 한번 떠나면 다시는 돌아갈 수 없을 것 같아서요. 몇 개월 살아보지는 않았지만, 이제는 여기 이 집에서 사는 게 즐거워졌어요. 더 행복하게 살아갈 수 있겠다는 기대감도 생기고요. 그래서 다시 도시로 돌아가지 않아도 괜찮을 것 같아요. 이 집에서 오래오래 살고 싶어요."

윗집 부부는 웃으며, "같이 오래오래 살아요"라고 말해주었다.

임대 가구의 마당과 평상(사진: 최진보)

임대 가구 주방의 모서리창(사진: 최진보)

기연가의 장면들 ; 환대하는 상가

가끔 서종으로 아들 친구 엄마들과 밥을 먹으러 오는 윤기 엄마는 얼마 전에 스치듯 지나치며 눈에 들어왔던 건물에 가 보기로 했다. 하얀 외관의 건물이었는데, 집인지 미술관인 지 상가인지 정체를 알 수가 없었다. 그래도 1층에 파스타 집이 있는 것은 확인했는데, 서종에 파스타 집이 없어 마침 잘 되었다고 생각했다.

오늘 같이 가는 두 엄마에게 파스타 어떠냐고 물어보니 좋다 고 했다.

서종으로 밥을 먹으러 가는 이유는 살고 있는 남양주와 가깝 고 가는 길이 정말 예뻐서였다. 한강을 따라 길 변에는 나지 막한 산과 숲이 이어져 잠깐이지만 어디 한적한 시골에 가는 기분이 들어 설렜다.

양수리를 지나 서종에 들어서니 붉은색 덩어리의 미술관이 보였다. 엄마들과 꼭 한번 가보자고 했던 곳인데, 오늘 밥 먹고 오는 길에 들리자고 수다를 떤다.

서종면사무소를 지나니 저 앞에 하얀색 건물이 시야에 들어왔다. 특이하게 생긴 건물이었다. 3~4층은 사무실인지 집인지 알 수 없었고 2층에는 길쭉한 콘크리트 벽이 뱀처럼 건물을 휘감고 있었다. 주차장부터 건물의 안쪽까지 파란 잔디가 깔려 있었다. 숲과 강을 보며 오다가 문호리 시내에 들어와서는 온통 회색빛이었는데 이곳만 하얗고 푸르렀다.

잔디를 따라 걸어 들어가니 안쪽에 파스타 집이 보였다. 파스타 집 앞마당에는 기다란 콘크리트 벤치가 있었는데, 사람들이 줄지어 앉아 있었다. 아뿔싸, 대기 줄인 듯싶었다. 이왕 왔으니 기다렸다 먹기로 하고 콘크리트 벤치에 앉았다. 다행히 벤치 뒤의 콘크리트 담장이 높아서 해를 가려준다. 담장에 구멍이 뚫려 있어서 바람이 시원했다.

몇몇 꼬마들은 마당에 웅크리고 앉아 있는 고양이가 귀여운지 주위를 둘러싸고 있고, 연인으로 보이는 커플은 벤치에 앉아 연신 셀카를 찍고 있었다.

새들이 연신 마당을 가로지르며 낮게 날아다니고 있었는데,
빠르고 날렵했다. 궁금해서 날아간 곳으로 가보니 둥지가 있
었다. 제비였다. 처마 밑에 조그맣게 달라붙어 있는 둥지에
는 더 조그만 아기 새들이 어미 새에게 먹이를 받아먹고 있
었다. 정말 오랜 시간 동안 볼 수 없었던 제비였다. 어린 시
절에는 참 흔하던 제비가 왜 사라진 걸까? 반가운 마음에 엄
마들과 제비를 주제로 폭풍 수다를 떨다 보니 어느새 그녀들
의 차례가 되었다.

기다렸다기보다는 즐겼다고 해야 할까? 유쾌한 기분으로 밥을
먹고 있는데, 서빙을 하던 종업원이 식사는 어떠시냐고 묻는다.

"아, 여기 밥도 맛있고 공간도 참 좋네요."

"식사하시고 시간 괜찮으시면 2층에도 가보세요."

이유를 물으니, 2층에 은 공방이 있는데, 오늘 플리마켓을
하고 있으니 구경삼아 가보라는 것이었다.

1층 상가의 잔디 마당과 콘크리트 벤치(사진: 최진보)

2층은 건물 안이 아닌 잔디마당에서 계단으로 오르게 되어
있었다. 그러고 보니 1, 2층의 모든 상가는 잔디마당을 이용
해 진입했다. 잔디마당에 오가는 사람들이 많은 이유를 이제
야 알 수 있었다. 야외의 로비인 셈이었다.

2층 공방에 들어서니 내부가 복층이었다. 2개 층 높이의 창이 시원했고 덕분에 내부는 밝았다. 여기도 전면에 꽤 넓은 잔디마당이 있었다. 마당에 돗자리를 깔아 놓고 은세공 액세서리를 팔고 있었는데, 은근 장터에 온 것 같은 기분이 났다.

엄마들과 한참 있었나 보다. 벌써 애들이 학교에서 돌아올 시간이 다 되었다. 미술관은 아쉽지만 다음에 가기로 했다. 돌아오는 차 안에서 참 기분 좋게 여유로운 시간을 보내고 왔노라고 이야기를 주고받다가 다음에는 애들도 데려오자고 약속했다. 아이들에게 제비를 꼭 보여주고 싶었다.

2~3층 복층 상가와 베란다(사진: 최진보)

고진감래

기연가는 2022년 12월이 되어서야 착공할 수 있었다. 원래 계획대로라면 여름에 착공해서 추워지기 전에 골조공사를 끝내는 것이었다. 그런데 일정이 완전히 꼬여버렸다. 꼬인 문제를 건축주와 머리를 맞대고 해결 방법을 찾느라 수많은 시간을 함께했더니 건축주와의 관계는 어느 때보다 끈끈해 졌다. 마치 기나긴 전쟁을 함께 치러낸 전우 같다고 할까.

우리의 착공을 반년 가까이 지연시킨 문제는, 문제가 되리라 생각하지 않았던 일이라 우리를 더 당황하게 했다.

지방도로나 국도의 경우, 신축하는 건물의 용도나 규모에 따라서 가감속차로를 설치해야 하는 경우가 있다. 우리도 물론 해당되었다. 여기까지는 당연히 대비하고 있던 터였다. 그런데 이미 가감속차로를 설치했던 옆집이 문제였다. 옆집이 설치한 가감속차로는 기연가의 땅 앞쪽까지 이어져 있었는데, 이 부분에 대한 공동사용에 동의해주지 않았다. 공동사용에 동의하면, 그 부분에 대한 도로점용료를 우리 측에서 부담하는 것이기에 동의하지 않을 이유가 없었다.

옆집은 생각해보겠다는 답변만 되풀이하며 몇 개월을 끌었다. 그동안 건축주는 대출이자를 감내해야 했다. 더는 기다릴 수 없어 공탁으로 진행하자고 말씀드렸다. 건축주는 합의로 진행하려는 미련을 버리지 못했다. 옆집인데 법적인 다툼은 하고 싶지 않다는 마음이었다. 결국 금전적인 보상으로 합의를 마무리했고, 나는 그 말도 안 되는 보상에 속이 상했다.

그런데 속상함은 거기서 끝나지 않았다.

기연가의 땅과 옆집 사이에 옆집 소유의 현황 도로가 있었다. 그 도로와 우리 땅의 경계에 한마디 상의도 없이 담을 치더니 우리 땅 안쪽으로 벽등의 전기 배선까지 빼놓은 것이다. 기연가의 주출입구 통로가 될 곳이었다. 매일같이 남의 집 담벼락의 전기선을 보며 출입해야 하는 상황이 된 것이다. 건축주는 한숨을 쉬고 또 인내했다. 부처인가 싶을 정도였다.

어렵고 힘듦에 총량이 있는지 착공도 하기 전에 힘든 일을 다 겪어내더니 착공 이후부터 공사가 끝날 때까지 다행히 무탈했다. 좋은 마음에 대한 당연한 보상이었다.

건축주 주 감독은 마음이 참 따뜻한 사람이었다. 한창 공사가 진행 중이던 5월의 어느 날이었다. 그는 1층 상가 처마 아래에서 제비집을 발견하고는 좋아서 어쩔 줄을 몰라 했다. 하필이면 전깃줄 위에 자리를 잡아 전전긍긍하던 모습이 새삼 생각난다. 다행히 현장소장님의 배려로 제비는 강남으로 떠날 때까지 안전하게 잘 지냈다. 올봄에 그가 사진을 보내왔다. 작년 그곳에 또 제비가 와서 집을 지었다고, 아마도 작년의 그 제비일 거라고 철석같이 믿고 있었다.

그와 나는 더없이 좋은 술친구였다. 좋은 사람과 함께 마시는 술은 참 달았다. 그도 내게 그렇게 말했다.

"소장님과 마시는 술은 참 맛있어요."

공사가 끝나고 이제 그와는 예전처럼 자주 술자리를 갖지는 못하겠구나 싶어 서운했다. 형수처럼, 조카처럼 여기던 이들과 잠시 가족이 되었다가 헤어질 때가 되니, 뭔가를 잃어버린 듯 마음이 허전하다.

그 허전한 마음을 〈기연(奇緣)〉이라는 시 한 편에 담아 그에게 전했다.

술에 취해 당신을 만났어요
당신의 실망한 얼굴이 그려져
또 술을 마셨네요
당신은 술에 잠기지 않은
내 진심을 봤다고 말해줬어요
기뻐서 또 술을 마셨어요

당신과의 여정은 그렇게 시작됐어요
여행의 시작은 기대와 두려움이었고
함께 걸을 땐
힘들고 지치기도 했죠
그럴 때 우린 서로의 빈 잔을 채웠어요
그 술은 위로였고 응원이었어요

기연은 만날 수 없는

인연의 억지가 아닌가 봐요

기연은 꼭 만나야 할 사람은

만나지는 당연이 아닌가 싶어요

손잡고 함께 했던 여행의

끝이 보이네요

저기 당신이 꿈꾸던 집이 있어요

우리가 함께했던 까닭이

저 집이었는데

종착지에 다다르니 당신이 보이네요

211

주 감독의 삼인행

늘 그렇듯 기연가(문호리)에서 회사(서울 문래동)로 출근하는 중이었다. 막히는 길 위에서 조병규 소장님의 전화를 받았다. 6개월 만에 초고를 끝냈다는 소식과 함께 간단한 후일담이나 에피소드를 책에 싣고 싶다는 이야기를 했다.

집필 중이라는 것은 알았지만 나의 궁금증이 그를 방해할 수 있겠다는 생각에 참고 있던 차였다.

기연가에 대한 사랑일까, 평소 블로그에서 읽던 그의 필심 때문일까, 초고를 순식간에 다 읽었다. 독서와 함께 한 술 때문인지 감정이 말랑말랑해졌다. 후일담에 대한 대책은 아무것도 없으면서 감정만 가득 차버렸다.

3월 이른 봄, 한국일보 〈집 공간 사람〉 코너에 나와 조 소장님의 유튜브 인터뷰와 함께 상가주택 기연가가 소개되었다.

그때 당시 출연을 망설이던 내게 조 소장님의 설득이 있었다.

"기연가와 함께 둘이서 좋은 추억 만들어요."

어떻게 쓰일지 모를 나의 미숙한 글은 또 다른 추억을 만들수 있을까? 기연가와 함께한 지 6개월이 지나고 있는 지금, 기억의 사진을 한 장씩 꺼내어 일기처럼 써보려 한다.

만남 그리고 우문현답

날짜는 정확하지 않지만, 시간은 저녁 7시 30분으로 기억한다. 술 냄새가 났고 그의 눈은 초점을 잃어 보였다.

"올해는 모든 스케줄이 다 차 있어서 안타깝지만 설계를 진행하기 어렵습니다. 그래도 궁금한 것이 많을 테니 무엇이든 물어보세요."

술 냄새와 섞인 배려 있는 그의 말 한마디가 블로그에 올린 그의 포트폴리오보다 믿음을 주었다.

시간이 지나 우리는 다시 만났고, 미팅에서 나는 어리석은 질문을 던졌다.

"저는 영상을 만드는 사람이라서 빛을 중요하게 생각합니다. 소장님은 어떤 것에 집중해서 작업 하시나요?"

소장님은 이렇게 답했다.

"전 건축주와의 소통이 가장 중요하다고 생각합니다. 도면으로 말을 건네고 이야기를 이어갑니다. 그렇게 소통의 시간이 쌓이면 서로를 신뢰하게 되고 결과물은 보통 만족스럽습니다."

지금 생각하면 쥐구멍이라도 숨고 싶다. 처음 만나는 자리에서 꺼낸 질문이 잘난 체였다.

기연가는 윈도우 시트 옆으로 통 큰 ㄱ자 모서리 창과 복도를 따라 긴 13개의 창문을 가지고 있다. 모서리 창으로 겨울의 눈과 벚꽃을 즐겼고, 지금은 여름의 강렬함을 본다. 세로로 긴 창으로는 '빛'의 흐름에 따른 그림자의 기울어짐과 시간의 지남을 본다. 잘난 체의 참사로 시작된 나의 어리석은 질문에 소통과 믿음이 쌓이면 '빛'의 결과물로 만들어진다는 현명한 답을 현실에 보여준 것이다.

나는 윈도우 시트 끝 모서리 창 쪽에 앉는 걸 좋아한다. 사랑하는 나의 아내도 나와 같다.

애견인

9월의 기연가는 마무리 공사로 한창이다. 임대 공간 베란다에는 인조잔디가 깔리고 있고, 1층 주차장에는 진짜 잔디를 깔고 있다.

정원 가꾸기를 좋아하는 아내는 자기의 베란다에 함께할 식물 친구들을 고르느라 고심 중이고, 나는 나만의 공간인 다락에 놓을 영상 장비와 오디오 세트를 고민 중이다.

15살 노견 콩심이가 음식도 끊고 일어나지를 못한다. 20% 남은 시력으로 눈만 겨우 맞출 뿐이다. 배변을 못 가리니 콩심이의 공간은 전쟁터로 바뀌고 새집에서 함께할 콩심이와의 동거가 걱정이라는 아내의 말에 화를 내보는 척하지만 나도 마찬가지다.

엄마 아빠의 걱정거리를 덜어주려는 듯 효녀 콩심이는 9월

19일 저녁에 우리 곁을 떠났다. 다음 날은 새벽부터 비가 내렸다. 콩심이를 작은 단지 속에 넣고 보자기에 싸서 집으로 왔다. 조금만 더 같이 있고 싶었다. 아내는 보내주자 했지만, 나는 아직 보낼 수 없었다.

그날 저녁, 소장님이 콩심이 이야기를 들었다며 술을 청했다. 콩심이를 생각하며 비 오는 저녁에 우리는 대취했다.

아침에 콩심이의 유품을 정리했다. 보이지 않으면 괜찮을 듯 싶어서였다. 한 번도 사용하지 못한 목줄, 영양제 등을 챙겨 소장님에게 조심스럽게 물었다.

"혹시 마룬이에게 필요할까요?"

아무리 새 물건이라도 무지개다리를 막 건넌 아이의 물건이라 부담될 수도 있었을 텐데 소장님은 흔쾌히 받았다. 소장님의 애견 '마룬이'도 노견이었다. 그래서 기연가에서 함께 보낼 콩심이와의 생활을 누구보다도 잘 이해하고 있었다.

소장님의 페북에서 콩심이 목줄을 하고 두물머리를 산책하

는 마룬이를 보았다. 마룬이의 웃는 모습에 콩심이가 보였
다. 콩심이는 우리를 떠났지만, 기연가를 설계한 조소장과
함께 살고 있었다.

"마룬아, 콩심이 몫까지 오래 살아라!"

삼인행

"저 만의 공간이 필요합니다."

소장님에게 간곡히 부탁드렸고 그래서 탄생한 곳이 다락이
다. 나는 이곳을 삼인행이라 부른다. 내 키와 다른 높이를
가지고 있어 불편하고 춥지만 나는 이곳을 사랑한다.

'三人行 必有我師焉 擇其善者而從之 其不善者而改之'

《논어》〈숙이편〉에 나오는 말이다.

"세 사람이 길을 같이 걸어가면 반드시 내 스승이 있다. 좋
은 것은 본받고 나쁜 것은 살펴 스스로 고쳐야 한다. 좋은
것은 좇고 나쁜 것은 고치니 좋은 것도 스승이 될 수 있고,
나쁜 것도 나의 스승이 될 수 있다."

소장님의 집 1층에는 단열도 되지 않고 겨우 합판으로 마감한 '살롱'이라는 공간이 있다. 덥고 춥고 좁아서 불편하지만 아늑하고 무엇이든 가능한 장소였다. 소장님은 그곳에서 유튜브를 찍고 사람과의 관계를 돈독히 했으며, 술을 마시고, 추억을 만들었다. 내게도 살롱은 즐거운 장소이자 깨닫는 장소였다. 나의 다락과 닮아 있었다.

소장님의 집에 '살롱'이 있다면, 기연가에는 '삼인행'이 있다.

국화꽃 두 송이

기연가의 사용승인은 지난했고 스트레스가 많았다. 그래서 사용승인이 끝났을 때, 기연가에 참전한 전우들의 기쁨은 누구보다 컸다. 전우들이 다 모여 사용승인을 마친 기쁨을 나누었고, 우리는 감사의 의미를 담아 눈높이 선물을 드렸다.

기연가의 타일 선택을 위해 업체를 방문했을 때, 소장님은 컬러풀한 반바지, 노란색 반팔티 차림에 베이지색 에코백을 메고 있었다. 그 모습을 기억했는지 아내는 소장님 선물로 에코백을 선택했고, 그녀의 선택은 옳았다. 사실 내 선택은 모자였다. 민머리에 모자라니. 구태의연한 생각이었다. 만족해하는 소장님을 보고 내 선택이 묻힌 것을 다행으로 생각했다.

기쁨의 파티는 동네의 허름한 노래주점으로 이어졌고, 순서를 기다리는 소장님 옆으로 자리를 옮겼다. 시끄러운 상황

속에서 왜 그런 말을 꺼냈을까? 진지한 위로보다는 진심의 위로를 전하는 데 분위기는 그다지 중요하다고 생각하지 않았기 때문이었을 것이다.

나의 이야기가 끝나고 소장님은 말없이 눈물을 흘렸다. 볼을 거치지 않고 바닥으로 직접 떨어지는 남자의 눈물을 나는 본 적이 없다. 약간 덜 잠긴 수도꼭지에서 떨어지는 물방울 크기와 양이었다. 그는 이내 전우들의 흥을 깰까 싶었는지 모습을 추슬렀다.

기연가 설계가 시작된 1월의 어느 날, 소장님의 어머니가 영면하셨다. 기연가 사용승인을 앞둔 추석 즈음에는 소장님의 아버지도 영면하셨다. 힘들었으리라. 그에게 기연가는 '전리품'이고 또한 부모님께 올리는 '전상서'가 아니었을까. 다락(삼인행) 꼬마책상에서 감사의 마음을 담아 국화꽃 두 송이를 올렸다.

호형호제

지금 기연가 2층에는 골프 레슨숍이, 3층에는 호주에서 온 신혼부부가 살고 있다. 두 가족 모두 착하고 각자의 삶에 충실해 보인다. 삼인행의 뜻과 의미를 생각하며, 그들에게 최선을 다하려고 한다. 어렸을 때, 눈치를 주던 주인집 할아버지처럼 되지는 말자 다짐했다.

"감독님, 이제 감리비까지 모두 정산이 끝났으니 우리 계약 관계는 종료되었어요. 이제는 형님이라 부를게요."

소장님이 말했다. 형, 동생 만들기를 버릇처럼 좋아하는 그에게는 어쩌면 당연한 수순이었으리라.

소장님은 건축학과 교수이자 시인이며 작가이자 전문 방송인이다. 그런 스펙과 능력 있는 사람이 형이라고 부른단다. 머리가 복잡하고 혼란스럽다.

계급사회에 익숙한 내게 소장님은 CFO 정도의 체감으로 다가온다. 나는 지금 방송을 가장한 유통회사에 27년간 근무 중이다. 호형호제에 익숙하지 못한 까닭은 오랜 조직 생활의 위계에 물든 탓이 아닐까 싶다. 사회적 통념이나 법적, 도덕적으로 그는 동생이 맞다. 닫힌 내 마음이 문제다.

기연가가 완공되고 조 소장님은 지난날을 돌아보며 시를 선물했다. 내가 가장 좋아하는 그 시의 마지막 구절은 이렇다.

손잡고 함께 했던 여행의
끝이 보이네요
저기 당신이 꿈꾸던 집이 있어요
우리가 함께했던 까닭이
저 집이었는데
종착지에 다다르니 당신이 보이네요

자연스러움 속에서 노력해보려 한다.

후일담을 마치며 생각나는 마지막 어휘는 '병규야 고마워'
다.

도면과 사진들

건축 개요

대지위치: 경기도 양평군 서종면 문호리 729-2

대지면적: 561㎡

용　　도: 근린생활시설, 다가구주택(2가구)

건축면적: 223.89㎡

건 폐 율: 39.91 %

연 면 적: 560.69㎡

용 적 률: 99.94%

규　　모: 지상 4층

구　　조: 철근콘크리트

외부마감: STO

창　　호: 3중유리 알루미늄 시스템 창호

바　　닥: 강마루, 타일

설　　계: 투닷건축사사무소 주식회사

시 공 사: SIDNC

사　　진: 최진

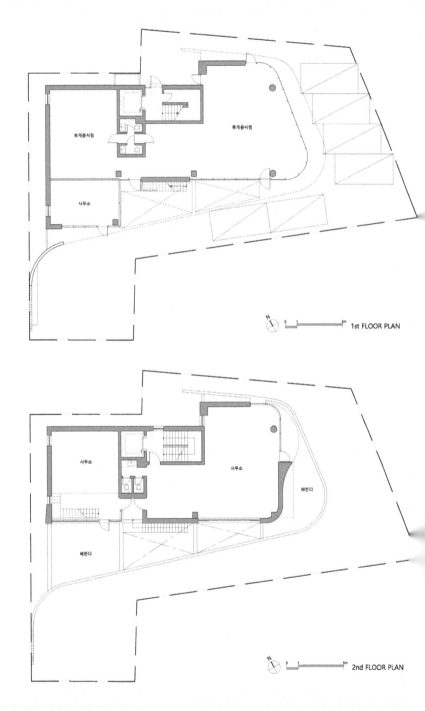

휴게음식점

휴게음식점

사무소

1st FLOOR PLAN

사무소

사무소

베란다

베란다

2nd FLOOR PLAN

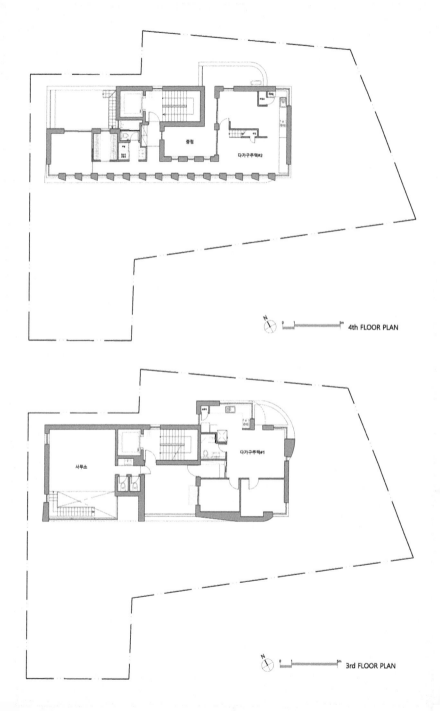

N 0   5m 4th FLOOR PLAN

N 0   5m 3rd FLOOR PLAN

길에서 만나는 다채로운 입면은
지나가는 차량에 보내는 호객행위다.

대지의 안쪽 끝까지 시선을 유도하는 콘크리트 파라펫.
문양거푸집을 사용하여 비용대비 자연스러운 질감을 만들 수 있었다.

도로에 면한 1층 상가. 깊은 처마와 투명한 외피 덕분에 공간은 더 확장되어 보인다.

선홈통 대신 설치한 쇠사슬. 낙수를 즐기기 위한 낭만적 장치다.

2층 상가. 베란다는 바닥과 파라펫 모두 인조잔디로 마감했다. 현재는 골프연습장으로 사용 중이다.

3층 임대 가구의 마당. 한낮에는 햇빛이 마당 깊숙이 들어온다.

3층 임대 가구의 거실. 창의 크기보다는 무엇을 볼 것인가? 어떻게 빛을 들일 것인가? 에 대한 고민이 컸다.
모서리 창의 높이를 높인 것은 하부에 놓일 소파를 고려했기 때문이다.

상상하는 장소의 이미지를 글로 그리고 파생되는 건축적 아이디어를 건축설계의 과정에 녹여냈다. 때론 완성된 건축물을 글로 정리하다가 내가 미처 보지 못했던 장소를 발견하기도 했다. 이렇게 나의 글과 건축은 서로에게 영향을 주고받으며, 함께 가고 있다.

이른바 내 글과 건축이 동기화된 셈이다.

'장소를 글로 그리는' 실험은 어느새 산문에서 운문으로 옮겨 가는 중이다.

시를 쓰기 시작한 것은 3년 정도 된 것 같다. 시가 정말 좋아서, 시인이 되고 싶어서 시작한 것은 아니었다. 마룬이와 두물머리를 산책하며, 사진으로 담아내지 못하는 그 때의 상황과 감정을 핸드폰에 육성으로 녹음을 하고 글로 풀어냈다. 그랬더니 시 비슷한 것이 되었는데, 인상 깊었던 장면과 감정들이 생생하게 되살아나는 경험을 했다. 그때 깨달았다. 시는 산문보다 장면이나 감정을 빠르게 크로키 하듯 포착할 수 있는 장점이 있다는 것을.

제대로 시를 읽은 적도 써본 적도 없는 난 무식하고 용감하게 시 쓰기에 도전했다. 형식에 구애받지 않고 내게 친숙한 장소부터 그려나가기 시작했다. 두물머리와 내 집, 골목길, 설계 중이거나 공사 중인 집 등.

그리고 또 무식하게 '문예창작' 계간지 신인상에 도전을 했고 기대하지 않았던 상을 덜컥 받게 되었다. 그 때 심사평 중에 이런 얘기가 쓰여 있었다.

조병규 시인의 당선작은 '처마 있는 집' 외 4편이다. 5편 모두 이미지즘 시라고 말할 수 있다. 이미지를 형상화하는 기교면에서 매우 탁월하다는 의미이다. 이들 시편은 이미지를 형상화하여 회화적으로 그려 내는 언어 예술에 무게를 둔 묘사 시이다. 조 시인의 독창적 화법과 기교로 이야기를 풀어나가는 시적 역량이 돋보인다.

장소를 글로 그려보겠다는 목표로 쓴 시에 대해 '그래, 잘했어. 좀 더 해봐.'라고 등을 토닥여준 심사평이 감사했다.

그리고 또 무식한 도전을 이어갔다. 2024년 11월 '시로 그리는 집'이라는 주제로 전시를 했다. 단독 전시는 아니었다. 리모델링을 앞두고 있는 성수동의 낡은 건물에서 12명의 작가와 함께 '지ppp'라는 전시를 했다.

내게 주어진 전시 공간은 오래된 작은 방 하나였다. 이 방을 원고지에 직접 쓴 시로 도배를 했다. 9편의 시를 600장정도 필사했던 것 같다. 그리고 그 시를 있게 한 건축과 자연의 사진을 액자에 담아 걸었다. 전시를 한 달 정도 남긴 시점에서 일과가 끝나면 우리 집 다락방에 앉아 시를 필사했다. 600장의 원고지를 채운다는 것은 어마어마한 노동이었고 그 것을 벽에 도배하는 과정도 만만치 않았다.

전시 중 관람객들의 반응은 낯설음이었다. 대부분의 건축 전시에는 의례적으로 모형이나 스케치 등이 등장하기 마련인데, 시로 채워진 방이라니. 그러면서도 방에 오래 머무르면서 시와 사진을 꼼꼼하게 들여다보는 이들도 있었다. 그들은 사진에 담기지 않은 장면을 시가 상상하게 해줘서 좋았다는 말을 해줬다.
전시장을 찾아 준 김노암 선생님은 내 전시에 대해 도록을 통해 이렇게 얘기했다.

'조병규의 작업은 문학 텍스트로서 시와 건축 공간을 중첩시킨다. 작가는 먼저 시를 쓰고 그 시에 영감을 받아 건축을 설계한다. 시가 언어예술이라면 건축은 조형예술이자 공간예술이다. 동시에 건축가의 철학이 투여된 개념예술이다. 언어와 개념예술로서 시가 인간에

'시로 그리는 집' 사진 : 조선희

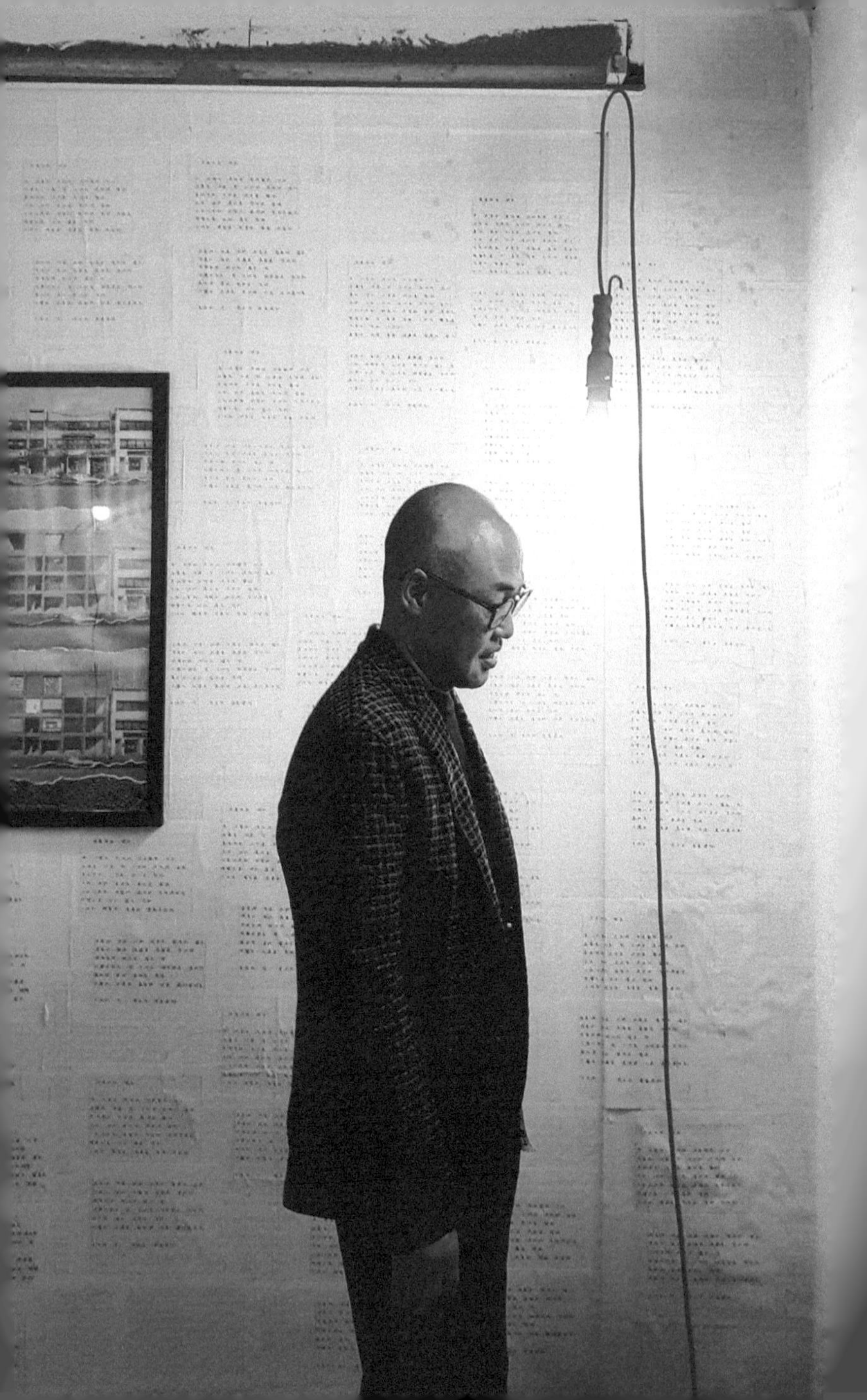

게 부여한 무한한 상상과 사유의 세계가 건축과 조우한다. 이 개성적인 설계방법은 시와 건축, 언어와 공간의 의식적 공유 또는 시각적 유비(喩比)이다. 이런 방식으로 건축은 저절로 서사성을 갖게 되고 전혀 다른 차원에서 다뤄졌던 시와 건축이 결합한다. 20세기 사상이 언어 연구에 기반한다는 점을 떠올려보면 하이데거가 존재의 집으로서 언어를 표방한 것처럼 작가는 시(언어)로 지은 집을 제시한다. 집은 침묵하지만 사람이 거주하는 집은 시를 숨쉬고 말과 글이 춤춘다. 집은 단순히 사람이 거주하는 기계나 장치가 아니라 다른 무언가로 고양되어버린다.'

인류에게 오래 된 문화인 건축과 언어의 협력은 새로운 미래를 맞을 때에도 유효하다 믿는다. 도래하는 ai 시대에 마음껏 상상하고 구현할 수 있는 여지는 글의 행간에서 드러난다고 보기에.